龙的方舟

护龙者的科学探险手记

[英]埃玛·罗伯茨 文　[克罗]托米斯拉夫·托米奇 图　雷婷 译

乐乐趣

甘肃科学技术出版社

图书在版编目（CIP）数据

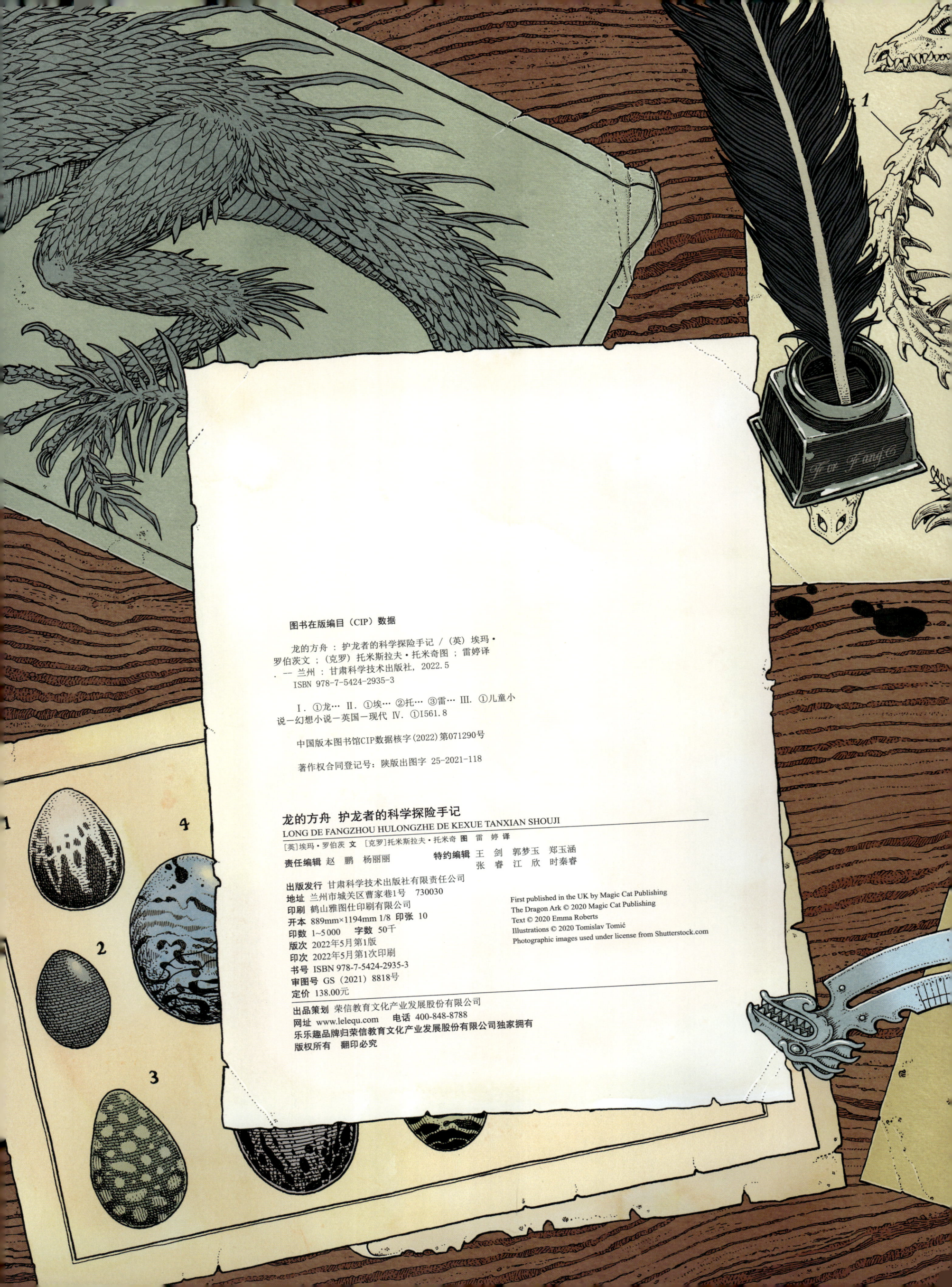

龙的方舟：护龙者的科学探险手记 /（英）埃玛·罗伯茨文；（克罗）托米斯拉夫·托米奇图；雷婷译. — 兰州：甘肃科学技术出版社，2022.5
ISBN 978-7-5424-2935-3

Ⅰ．①龙… Ⅱ．①埃…②托…③雷… Ⅲ．①儿童小说－幻想小说－英国－现代 Ⅳ．①I561.8

中国版本图书馆CIP数据核字（2022）第071290号

著作权合同登记号：陕版出图字 25-2021-118

龙的方舟 护龙者的科学探险手记
LONG DE FANGZHOU HULONGZHE DE KEXUE TANXIAN SHOUJI

[英]埃玛·罗伯茨文　[克罗]托米斯拉夫·托米奇图　雷 婷译

责任编辑 赵 鹏　杨丽丽　　**特约编辑** 王 剑　郭梦玉　郑玉涵
　　　　　　　　　　　　　　　　　　　　　张 睿　江 欣　时秦睿

出版发行　甘肃科学技术出版社有限责任公司
地　址　兰州市城关区曹家巷1号　730030
印　刷　鹤山雅图仕印刷有限公司
开　本　889mm×1194mm 1/8　印张 10
印　数　1～5000　字数 50千
版　次　2022年5月第1版
印　次　2022年5月第1次印刷
书　号　ISBN 978-7-5424-2935-3
审图号　GS（2021）8818号
定　价　138.00元

First published in the UK by Magic Cat Publishing
The Dragon Ark © 2020 Magic Cat Publishing
Text © 2020 Emma Roberts
Illustrations © 2020 Tomislav Tomić
Photographic images used under license from Shutterstock.com

出品策划　荣信教育文化产业发展股份有限公司
网　址　www.lelequ.com　　电话 400-848-8788
乐乐趣品牌归荣信教育文化产业发展股份有限公司独家拥有
版权所有　翻印必究

勇者无畏，
欢迎加入冒险征途！

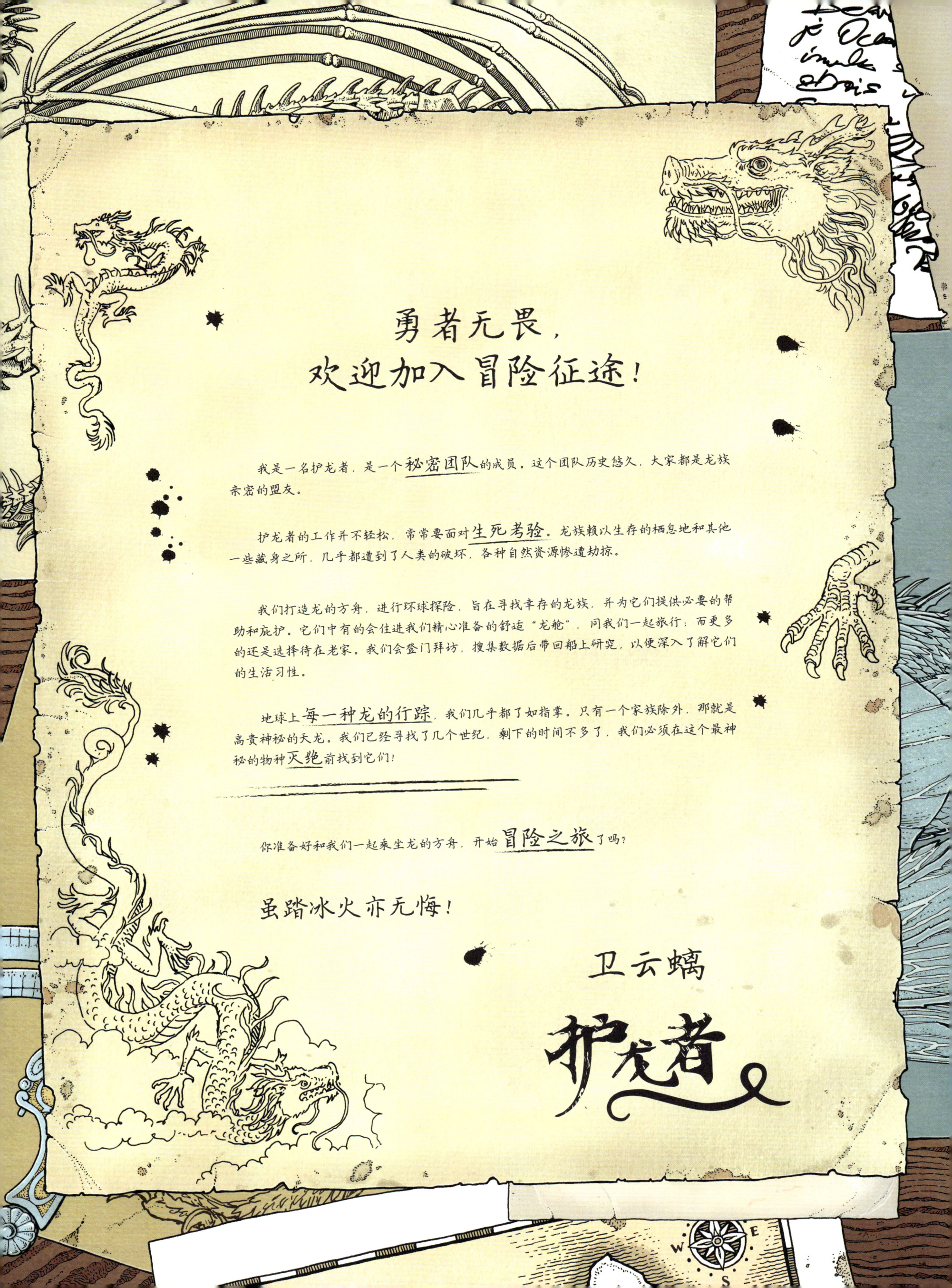

　　我是一名护龙者，是一个<u>秘密团队</u>的成员。这个团队历史悠久，大家都是龙族亲密的盟友。

　　护龙者的工作并不轻松，常常要面对<u>生死考验</u>。龙族赖以生存的栖息地和其他一些藏身之所，几乎都遭到了人类的破坏，各种自然资源惨遭劫掠。

　　我们打造龙的方舟，进行环球探险，旨在寻找幸存的龙族，并为它们提供必要的帮助和庇护。它们中有的会住进我们精心准备的舒适"龙舱"，同我们一起旅行；而更多的还是选择待在老家。我们会登门拜访，搜集数据后带回船上研究，以便深入了解它们的生活习性。

　　地球上<u>每一种龙的行踪</u>，我们几乎都了如指掌。只有一个家族除外，那就是高贵神秘的天龙。我们已经寻找了几个世纪，剩下的时间不多了，我们必须在这个最神秘的物种<u>灭绝</u>前找到它们！

　　你准备好和我们一起乘坐龙的方舟，开始<u>冒险之旅</u>了吗？

虽踏冰火亦无悔！

卫云螭

护龙者

* 方舟 *

船员画廊

❖

护龙者必须亲自挑选自己的队员，他们每个人都是自己所在领域的专家，专业判断力毋庸置疑。我们的最高纲领和目标就是：守护珍贵的龙族及它们的栖息地。这里介绍几位方舟上的豪杰代表：

卫云螭

护龙者

P. 霍尹教授

首席历史学家

陈溪鲮博士

海洋生物学家

加卜·克里斯医生

主治医师

奥勒留·麦克雷戈上校

首席飞艇驾驶员

雅典娜·梅塔

图书管理员

宁录·雅各布森

极地探险家

孙乐学博士

研究员

方舟

龙的方舟

　　此方舟乃世界上当之无愧的最强船舶，是造船史和工程史上的奇迹。它由第一代护龙者建造，历任护龙者都会根据自己的需求对其进行改造。这一次，卫云螭扩大了上层甲板的面积，以便放置适合龙族运动的器械，此外还改善了食堂的伙食供给系统，人龙各得其所，全员欢喜。

食堂

船员住舱

南极洲龙舱　欧洲龙舱　非洲龙舱

饲料准备区　大洋洲龙舱

方舟

育婴房
研究室
毒液收集室
护龙者办公室
图书馆
亚洲龙舱
机械室
北美洲龙舱
南美洲龙舱

护龙者办公室

✦

　　这是属于护龙者的私人空间,不仅是个人阅读、研究及休憩的居所,还存放着世界各地龙族委托保管的稀世珍宝。每一任护龙者都将自己的舱室装饰得极具个人风格,卫云螭这间是公认最时尚的。

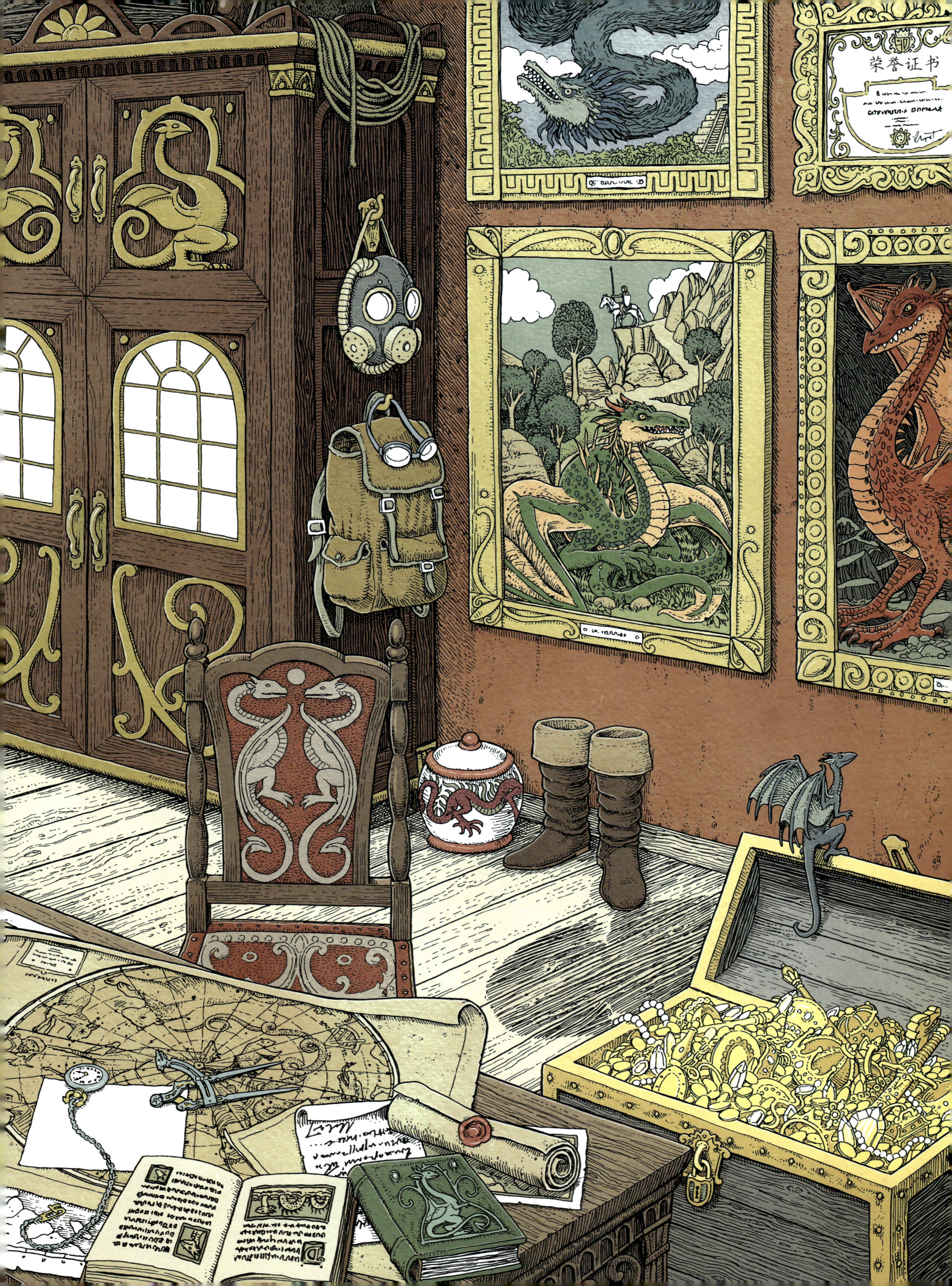
荣誉证书

大洋洲

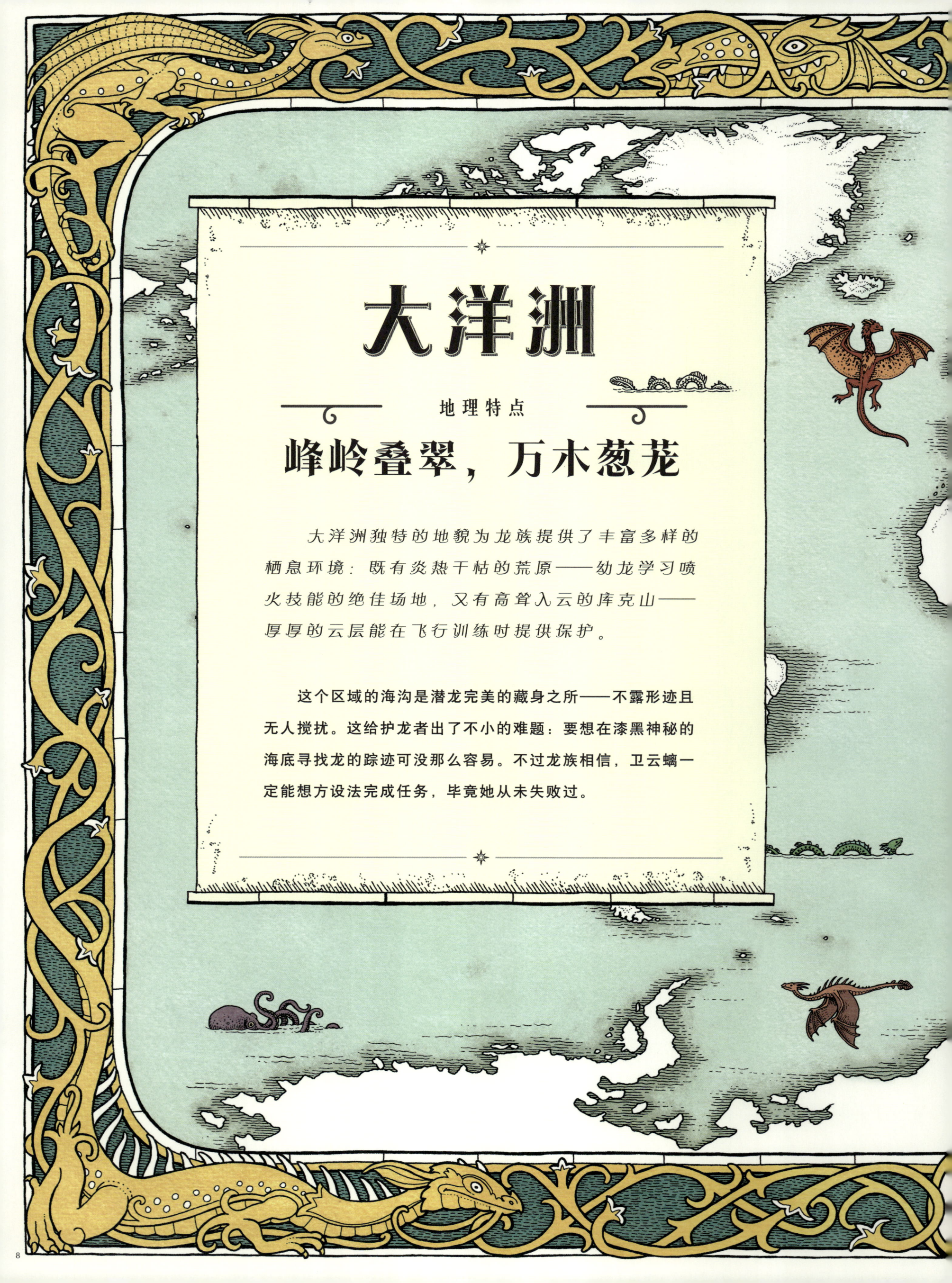

地理特点
峰岭叠翠，万木葱茏

大洋洲独特的地貌为龙族提供了丰富多样的栖息环境：既有炎热干枯的荒原——幼龙学习喷火技能的绝佳场地，又有高耸入云的库克山——厚厚的云层能在飞行训练时提供保护。

这个区域的海沟是潜龙完美的藏身之所——不露形迹且无人搅扰。这给护龙者出了不小的难题：要想在漆黑神秘的海底寻找龙的踪迹可没那么容易。不过龙族相信，卫云螭一定能想方设法完成任务，毕竟她从未失败过。

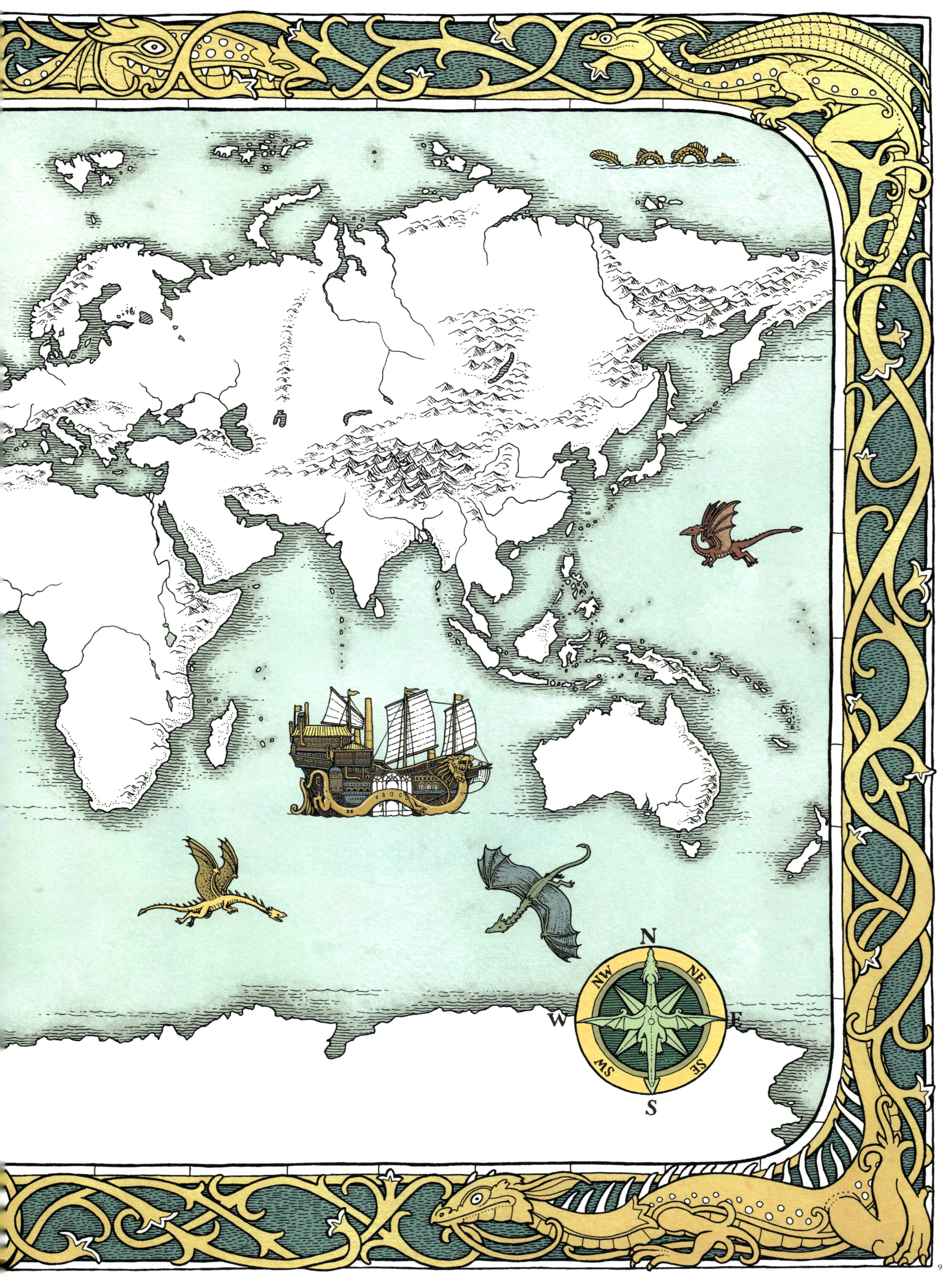
N
NE
E
SE
S
SW
W
NW

大洋洲常见龙族

我们的首席历史学家霍尹教授，已经在大洋洲考察了几十年，收集到许许多多此地龙族的资料，其中最有意思的要数无翼龙。

细长的鼻孔
便于快速排出体内的有毒气体

宽阔的腹部鳞片
像手风琴一样伸缩开合，方便匍匐前进

长且灵活的尾巴
擅长远距离作战，在很远的地方就能卷起敌人

友情提示

当龙上船后，新手接近它们时，务必谨慎留心。它们的脾气不太好，我和团队成员向来"伴君如伴虎"，小心伺候着。为使这些大洋洲的龙友们住得舒心，我们还特意按照它们的居住环境，在船上打造出一个既潮湿又阴暗的大洋洲专区。

因为几个世纪以来，它们都在被暴力对待，所以对人类并不友好。如果想接近它们，一定要戴好防毒面具和呼吸装置。它们乐于看到侵犯者在毒气攻击下生不如死的模样。希望这样的悲剧永远不会上演。

10

大洋洲

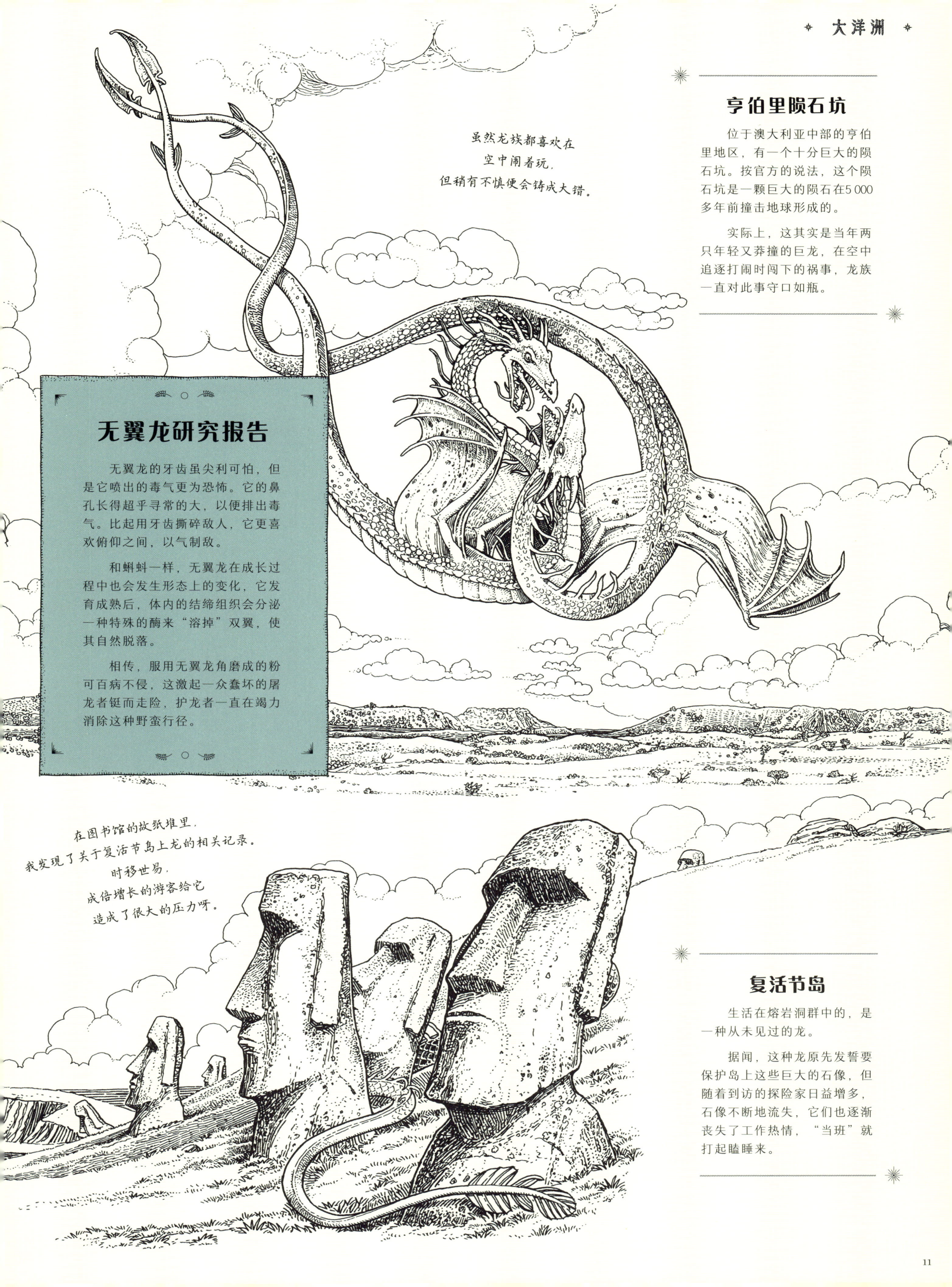

亨伯里陨石坑

位于澳大利亚中部的亨伯里地区，有一个十分巨大的陨石坑。按官方的说法，这个陨石坑是一颗巨大的陨石在5 000多年前撞击地球形成的。

实际上，这其实是当年两只年轻又莽撞的巨龙，在空中追逐打闹时闯下的祸事，龙族一直对此事守口如瓶。

虽然龙族都喜欢在空中闹着玩，但稍有不慎便会铸成大错。

无翼龙研究报告

无翼龙的牙齿虽尖利可怕，但是它喷出的毒气更为恐怖。它的鼻孔长得超乎寻常的大，以便排出毒气。比起用牙齿撕碎敌人，它更喜欢俯仰之间，以气制敌。

和蝌蚪一样，无翼龙在成长过程中也会发生形态上的变化，它发育成熟后，体内的结缔组织会分泌一种特殊的酶来"溶掉"双翼，使其自然脱落。

相传，服用无翼龙角磨成的粉可百病不侵，这激起一众蠢坏的屠龙者铤而走险，护龙者一直在竭力消除这种野蛮行径。

在图书馆的故纸堆里，我发现了关于复活节岛上龙的相关记录。
时移世易，
成倍增长的游客给它造成了很大的压力呀。

复活节岛

生活在熔岩洞群中的，是一种从未见过的龙。

据闻，这种龙原先发誓要保护岛上这些巨大的石像，但随着到访的探险家日益增多，石像不断地流失，它们也逐渐丧失了工作热情，"当班"就打起瞌睡来。

* 大洋洲 *

潜龙在渊

✦

在几千米深的海底,生活着神秘莫测的潜龙,这是只有真正爱龙的人才知道的秘密。而其中最深的马里亚纳海沟,就是一对塔尼瓦龙的家园。

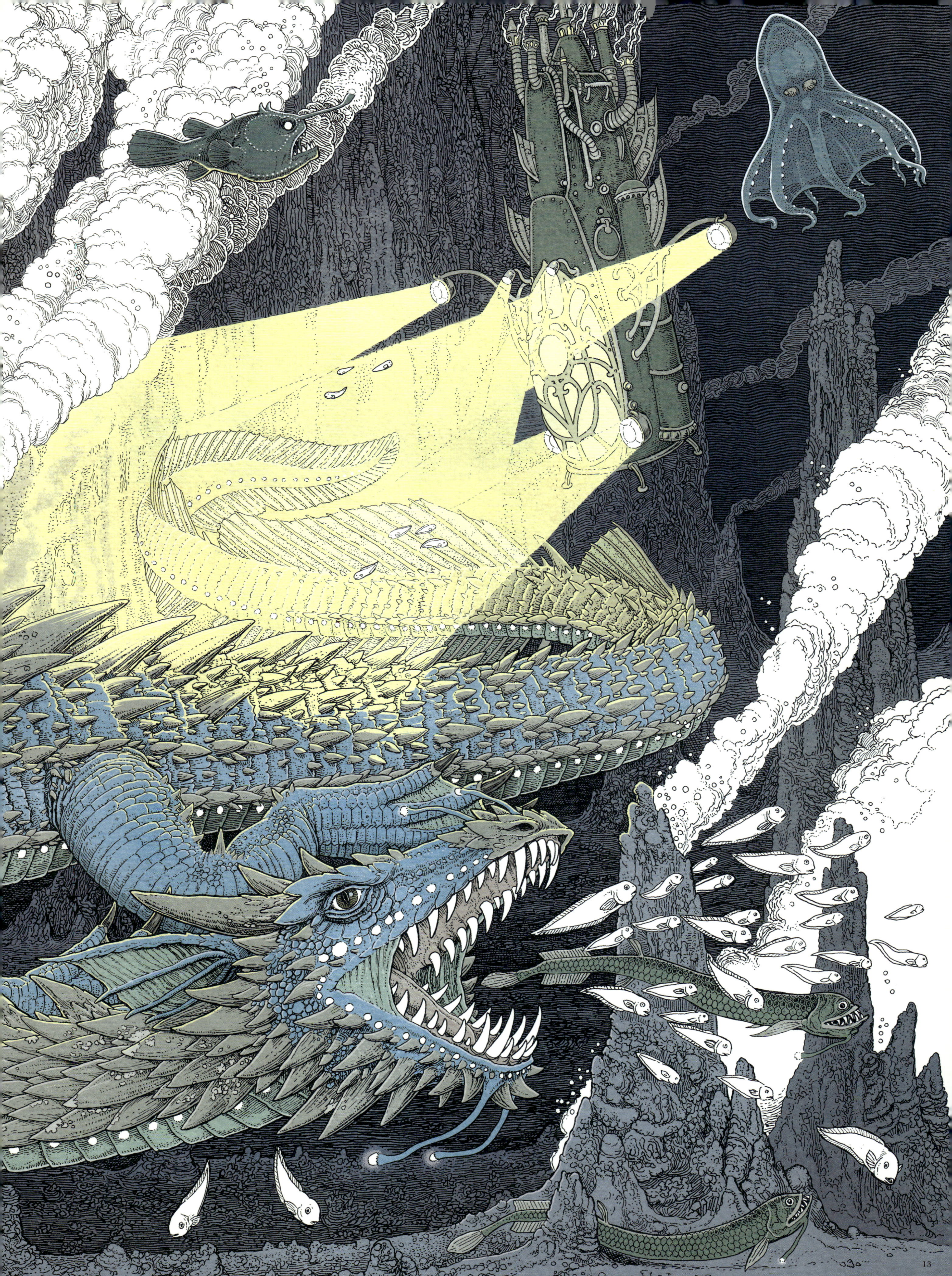

大洋洲

深海巨龙

❖

方舟上的海洋生物学家及潜水器驾驶员陈溪鲮博士,已从马里亚纳海沟凯旋,并同意与我们分享她的研究笔记。

塔尼瓦龙,居于马里亚纳海沟

今日在潜水器中欣赏到一出欲擒故纵的好戏……

我们下潜到非常深的海域,那里漆黑一团,伸手不见五指。生活在这里的龙族借着自身发出的光,引诱那些好奇心重的猎物一步步掉入"龙口"。这些龙的口鼻处长着几根小"触须",里面布满发光细胞,从触须顶端的薄膜处透出光来,就像一盏盏小灯笼。我们都知道塔尼瓦龙喜欢逗弄猎物,所以特意调暗灯光,只见一头公龙故意放走了快被吓破胆的猎物,在它刚要庆幸"龙口脱险"之际,又被一把抓了回去。

(就穴居生物发光一事须与护龙者再探讨,这一生物特性在深海龙族中是否罕见?)

这次我还做了一个有趣的研究,观察塔尼瓦龙对海水温度变化的耐受度。我发现它们非常享受泡在炽热的海水中,那些从海底热泉涌出的热液,温度往往高达200℃——这一爱好倒是和它们适应深海刺骨的冰水和滚烫的地下热泉,而大多数的生物都是二者取其一。我在海床上捡到了塔尼瓦龙脱落的鳞片并带回实验室,希望进一步的研究可以揭示出更多秘密。

我们何其有幸，竟能在旅途中一睹塔尼瓦龙的风采。要知道，它们经常伪装成其他生物，有时候甚至以鲸或鲨鱼的面目示人。但若想确认它们的健康状况，以及是否遭遇生存危机，还是得在它们是龙的状态下才行，所以务必抓住这个千载难逢的机会。

以后你独自下潜时，一定要在水下哼唱着那些老歌，以便让它们知道，来的是护龙者，对它们绝无威胁。当然，是否接受你的研究就得看它们的心情了……

其实，海洋中最可怕的并非那些巨怪，而是可恶的塑料垃圾。它们已经严重影响到深海潜龙的日常生活，潜龙进食时不可避免地会吞下塑料物。虽然它们都是高智商的生物，但是也没法从吃进嘴里的食物中挑出塑料物来。希望你和你的同伴能肩负起保护海洋的重任，龙族将会感谢你们。

好了，现在我们要继续航行了。别忘了晾干你的潜水衣，它们的气味太可怕了，那些龙闻到肯定要发牢骚。

护龙者

还有，在躲避无翼龙的毒气时，我的脑中突然闪过一个念头：

龙年至，天龙现。

接下来的旅途，就让我们搜集更多线索吧。

新西兰邮报

塔尼瓦龙回来了？

本报讯 近几年来，一只白海豚常常引导来往船只平安渡过狭窄多石的海峡。这个活跃在早期传说中的库克海峡守护者再度现身，并颠覆以往传说中的海怪形象。

据说，该守护者已在这片大海上生活了数百年，护送了一代又一代的航海员渡过危险海域。藏在海豚皮囊下的守护神，真实的样貌究竟是可怕的怪物，还是可爱可亲的某种生物，我们不得而知。唯一能肯定的是，只要有它相伴左右，航船就绝不会发生海难。愿它能长长久久地护佑我们。

南极洲

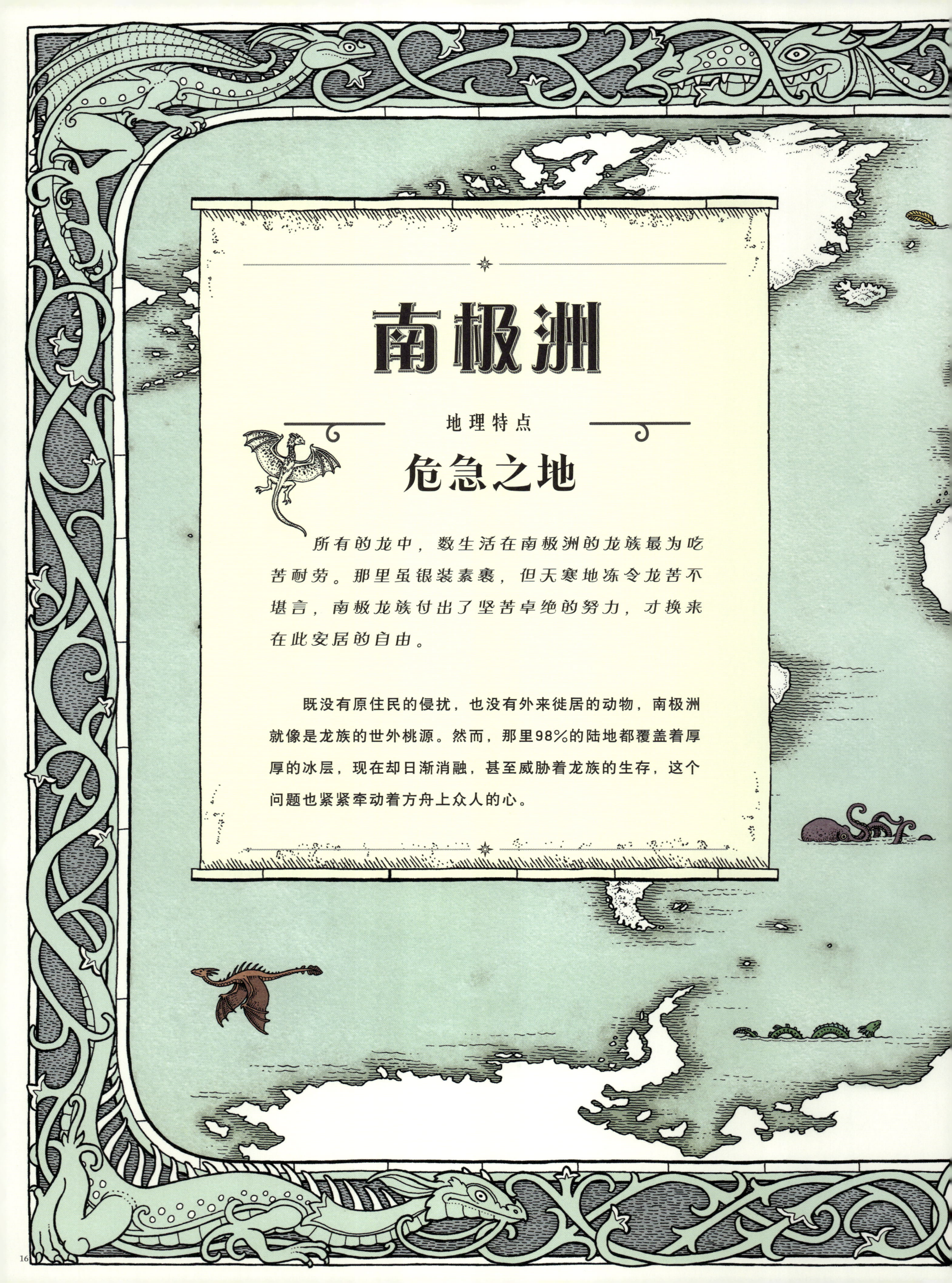

地理特点
危急之地

所有的龙中，数生活在南极洲的龙族最为吃苦耐劳。那里虽银装素裹，但天寒地冻令龙苦不堪言，南极龙族付出了坚苦卓绝的努力，才换来在此安居的自由。

既没有原住民的侵扰，也没有外来徙居的动物，南极洲就像是龙族的世外桃源。然而，那里98%的陆地都覆盖着厚厚的冰层，现在却日渐消融，甚至威胁着龙族的生存，这个问题也紧紧牵动着方舟上众人的心。

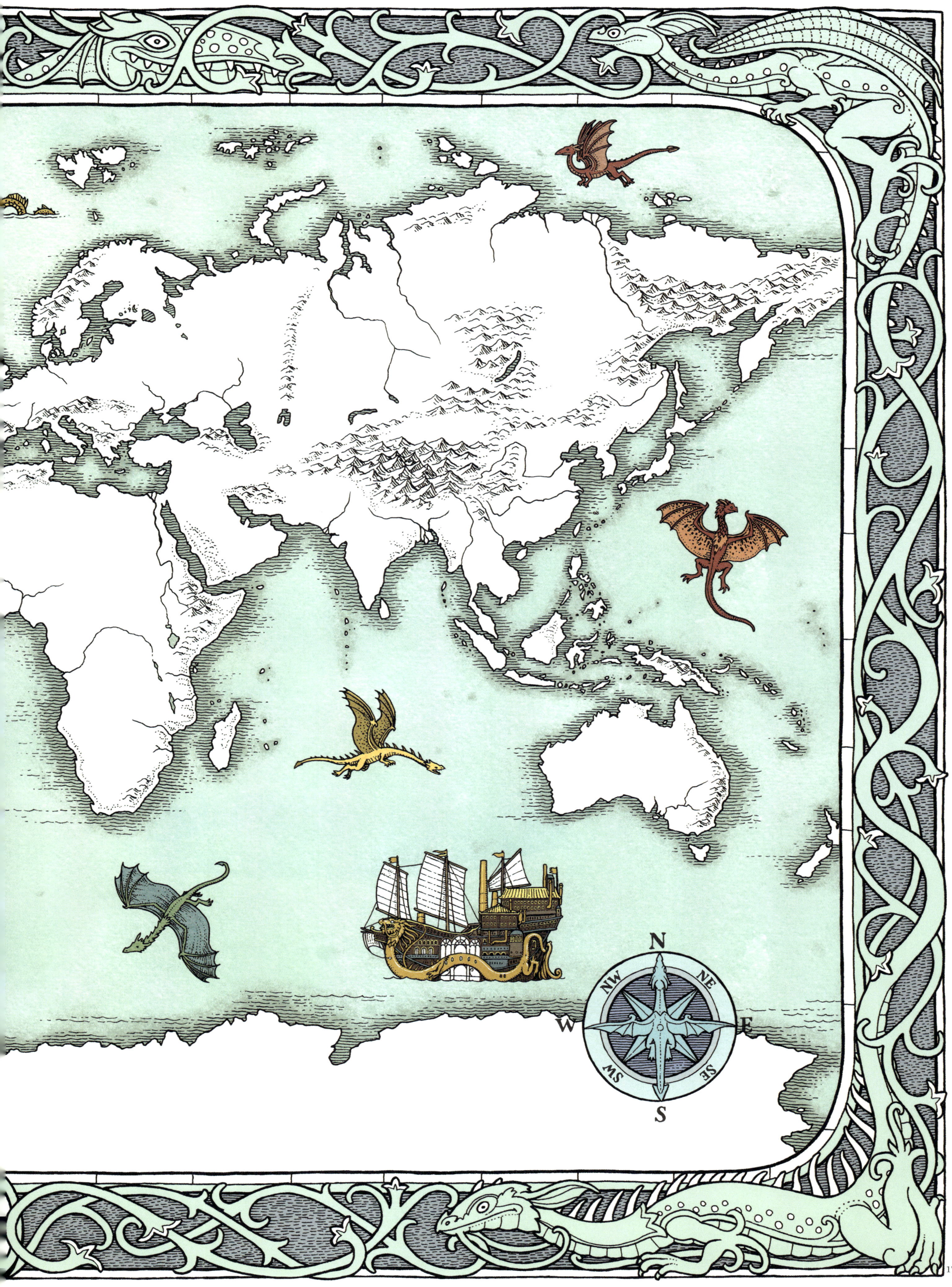
N
NE
E
SE
S
SW
W
NW

✦ 南极洲 ✦

南极洲常见龙族

欢迎来到苦寒之地南极大陆，这里常年温度都在-25℃左右，对生活在此的冰龙而言可谓"气候宜龙"。

蓝色眼眸
清澈如水，但近看骇人

冰棘
如玻璃碎片般尖锐，可用来防御

我的爱徒，但愿你在照顾冰龙的时候，别忘了穿上保暖内衣。想必不用我多说，你也知道冰龙的生物特性决定了它们必须待在0℃以下的环境里——否则会像冰棍儿一样化掉！

我们实验室的同伴已着手研究冰龙血的功效。所有的研究经过和成果一定要严格保密。不久前就发生研究员带着数据消失的事件。我怀疑他加入了研究超低温人体冷冻技术的科学组织。一旦冰龙血的秘密进入人类视野，将会比南极冰川融化还要可怕，人类将不惜一切代价捕获冰龙，以换取让人类死后封冻尸身不腐的方法。

超长龙爪
抓地有力，蹬地而飞，便于冰面行走

✦ 南极洲 ✦

状如龙牙的山岩

南极洲星盘岛外，耸立着一排嶙峋的黑色岩石。几乎无人知晓，这些岩石正是第一代冰龙的"墓碑"。它们在飞行时力竭而亡，从空中陨落后永远葬身于这片海域，露出水面的龙牙逐渐形成了这些石头。

人们总喜欢用"龙"为一些自然景象命名，在南极洲尤其如此。我时常跟船上的伙伴说，我们何其幸运，得以了解传说背后的真相。

冰龙研究报告

观察冰龙的生活环境，就不难理解它们为何如此稀少且珍贵了。南极洲食物短缺，对于成年雄性冰龙而言，仅依靠企鹅难以果腹，只有巨大的蓝鲸才能填饱肚子。

只有专业的龙族研究者，才会对冰龙的特点了若指掌：虬结的身躯、晶莹的翅膀以及强健的四肢。而且，冰龙有一个连普通人都能分辨出的特点，一个与其他龙族截然不同之处——它呼吸时，喷出的不是灼热的烟气，而是能将猎物瞬间冰冻的彻骨寒风。

动物的血液通常呈现红色，是由于其中含有血红蛋白的缘故，它的功能是运输氧气。但冰龙体内奔流的血液就像融化的冰，里面含有大量氧气，不再需要血红蛋白，这使得它们看起来全身透明，更容易隐藏在冰天雪地里。

已有一只冰龙接受了护龙者的登船邀请，不日我们将对它特殊的血液进行更详细的研究。

龙鳞状冰面

南极洲有一种非常罕见的龙鳞状冰面，科学家们研究认为，这种特殊的冰层裂纹是由劲风"雕刻"而成的。但事实上，冰下沉睡着一头硕大无朋的冰龙，而且这一觉它已经睡了好几个世纪。强风袭掠，侵蚀冰层，露出它背上的鳞片，才出现上述奇观。

✦ 南极洲 ✦

比尔德莫尔冰川飞行训练

✦

　　比尔德莫尔冰川长200千米，宽40千米，地域辽阔，人迹罕见，是冰龙活动的理想场所。它们可以随心而飞，来去自如。护龙者曾看着一只冰龙宝宝迈出第一步，现在又将陪伴它进行首次飞行训练。

南极洲

南极洲

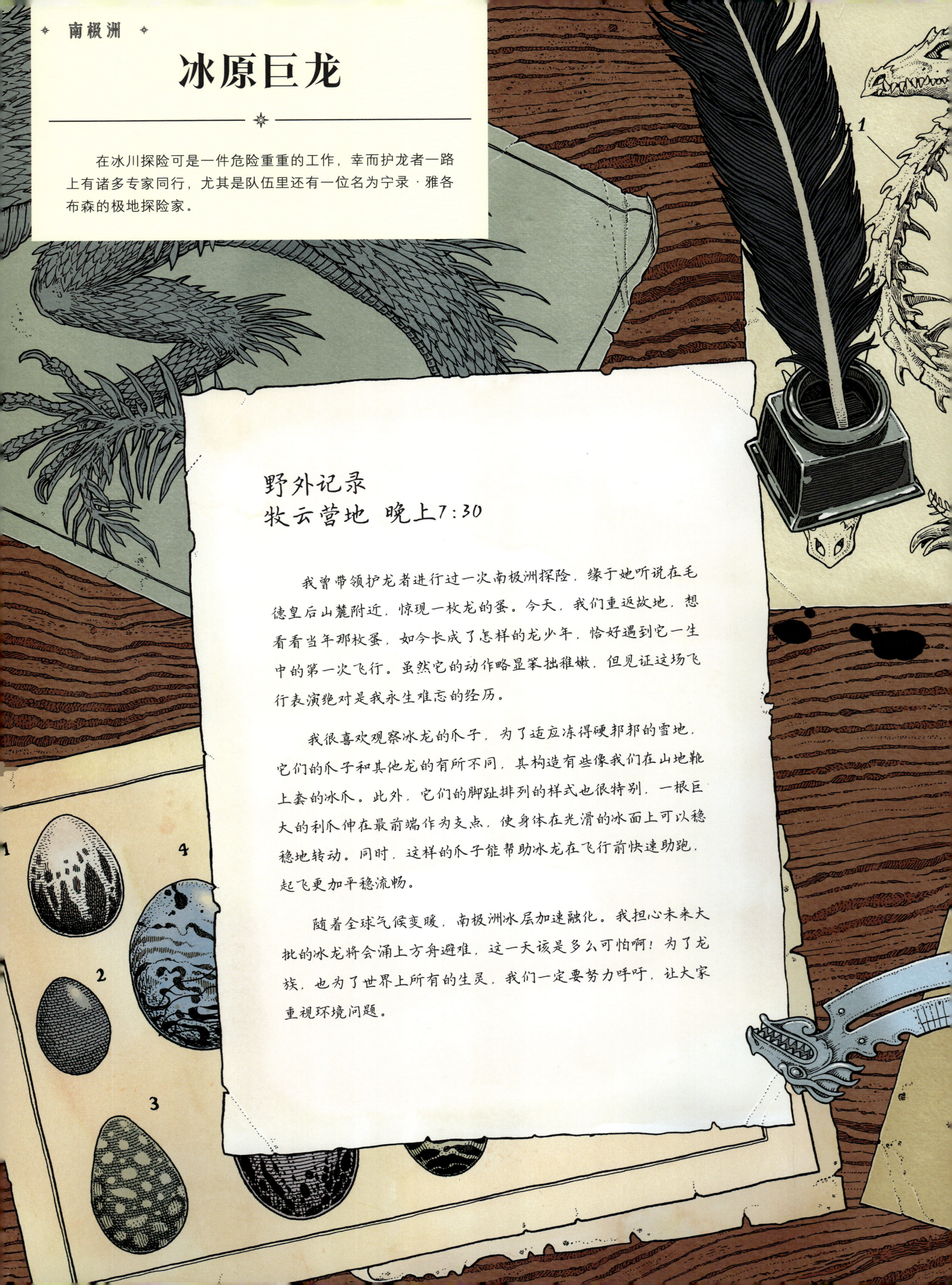

冰原巨龙

在冰川探险可是一件危险重重的工作,幸而护龙者一路上有诸多专家同行,尤其是队伍里还有一位名为宁录·雅各布森的极地探险家。

野外记录
牧云营地 晚上7:30

我曾带领护龙者进行过一次南极洲探险,缘于她听说在毛德皇后山麓附近,惊现一枚龙的蛋。今天,我们重返故地,想看看当年那枚蛋,如今长成了怎样的龙少年,恰好遇到它一生中的第一次飞行。虽然它的动作略显笨拙稚嫩,但见证这场飞行表演绝对是我永生难忘的经历。

我很喜欢观察冰龙的爪子,为了适应冻得硬邦邦的雪地,它们的爪子和其他龙的有所不同,其构造有些像我们在山地靴上套的冰爪。此外,它们的脚趾排列的样式也很特别。一根巨大的利爪伸在最前端作为支点,使身体在光滑的冰面上可以稳稳地转动。同时,这样的爪子能带助冰龙在飞行前快速助跑,起飞更加平稳流畅。

随着全球气候变暖,南极洲冰层加速融化。我担心未来大批的冰龙将会涌上方舟避难,这一天该是多么可怕啊!为了龙族,也为了世界上所有的生灵,我们一定要努力呼吁,让大家重视环境问题。

霜龙

　　作为冰龙的表亲，霜龙体格娇小，不喜酷寒，在南极洲外的许多大陆上，都有它们生活的足迹。它们喜欢在午夜时分结伴飞行。它们呼出的气息微凉，在冬季的早晨，会使草地或是窗户上结出一层薄薄的冰霜。霜龙的龙鳞有着珍珠般的光泽，龙棘如同钻石般闪耀，在龙族中极为少见，很可惜白天几乎见不到它们的身影。

徒弟：

　　我们从比尔德莫尔的老朋友这儿又得到一条关于天龙的重要线索：

仙界之阶，拾级而上，
至阳之数，三者同行。

　　梳理我日记中所有相关信息，我想已经离它们越来越近了。不是不见，时机未到。

护龙者

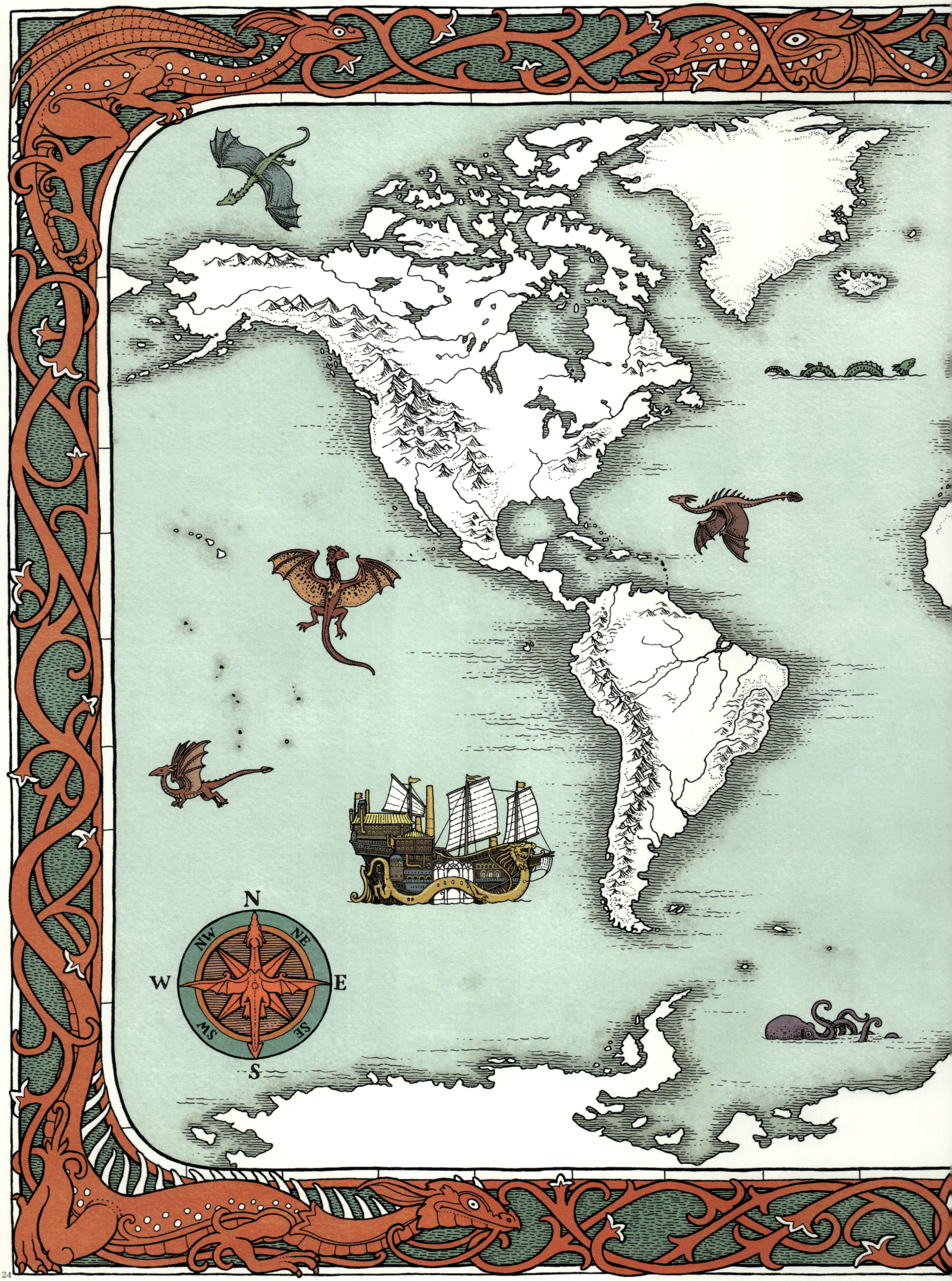
N
NE
E
SE
S
SW
W
NW

南美洲

地理特点

绚丽多彩，变化多端

众所周知，南美洲的物种极为丰富，不论是植物还是动物。这对饥肠辘辘的龙族来说再适宜不过，不但能填饱肚子，还能均衡营养。此外，这里气候极具变化性，简直是那些喜欢凑热闹的龙族的乐园。

龙族喜欢在南美洲的特别之处安营扎寨，比如世界上落差最大的瀑布——委内瑞拉的安赫尔瀑布，或世界最高的首都——玻利维亚的拉巴斯，或世界最大的雨林——亚马孙热带雨林等。不过南美洲备受龙族青睐的根本原因，还是这片大陆的形状像一个巨大的龙爪！

◆ 南美洲 ◆

南美洲常见龙族

　　欢迎来到方舟上的南美洲龙舱，我们的主治医师克里斯正在全力救治一只多头龙，它感染上了传染性极强的龙口病毒。克里斯得说尽好话，才能哄着这几个头暂时不要凑在一处。

灵敏的龙须
能在水下或昏暗的地方感知猎物

背鳍
陆地"小风扇"，水中加速器

　　亲爱的徒弟，说出来你可能不信，多头龙其实非常需要被悉心照料，因为每个脑袋都独立思考且不愿互相分享想法。我做学徒时，曾有一次只轻轻拍了拍其中一个龙头的鼻子，结果马上引来其他龙头的妒意，掀起了一阵血雨腥风，这令我至今仍心有余悸。若你不想像我当年那样被绷带缠成个粽子，务必广施博爱，切勿偏心。

　　其实，多头龙天性不喜暴力，这也让它们成为那些想出风头的年轻人的猎杀对象（没错，我说的就是赫拉克勒斯，古希腊神话中的大力神），这些人总觉得斩下几颗龙头就能向朋友们炫耀自己的勇猛，实则胜之不武。多头龙根本不具有什么攻击性，没事的时候喜欢彼此之间斗斗嘴，玩玩猜谜游戏。不过你要是猜错了……就自求多福吧。

脚蹼
帮助头重脚轻的多头龙在水下保持平衡

南美洲

南美洲龙族之间流传的故事，常常令我惊掉下巴。
在对龙族的探索上永远不能自我满足，
它们有的是我们不知道的事。

尤耶亚科火山的七头龙

七头龙擅长喷火却性格温顺，爱好和平，它曾经在智利与阿根廷交界处附近的尤耶亚科火山居住很长一段时间。直到有一天，它发现了三具木乃伊，这竟然是当地人为了祈求火山不再喷发，而献给它的祭品。这让七头龙感到愧疚不安，它认为是自己造成了这场悲剧。于是，它来到方舟寻求安慰和庇护。在它离开后，尤耶亚科火山烟消火熄，归于休眠。

关于多头龙的小贴士

多头龙因头多出名，它们脑袋数量不一，这取决于父母。如果两只三头龙结合，那生出的孩子就会有六颗龙头。护龙者就遇到过一只十六头龙，不过只敢远观，不曾靠近。

最厉害的多头龙，还数那些每个头都可以独立战斗的巨龙。现在住在方舟上的多头龙，能同时吐火、喷寒气、放毒气、射毒液。除非你也长着三头六臂，否则轻易不要惹它生气。

自古以来，一直流传着多头龙的龙头可再生的传说。每一代的护龙者都为此辟过谣，这种残忍的传说让多头龙蒙受了许多无妄之灾。人们总想亲身验证一下传说的真实性，他们的好奇心最终会让他们明白何为自寻死路。

亚马孙大涌潮

月相变化总伴随着河流潮汐，在南美洲亚马孙河，每年二三月甚至会出现高达4米的滔天巨浪，这一现象被称为亚马孙大涌潮。每到此时，来自四面八方的冲浪爱好者便会聚集于此，感受这独特的浪潮带来的乐趣。但无人知晓，水龙也会像冲浪手冲浪一样，借助浪潮去千里之外的亲友家拜访，这是一个赶路的好办法。

亚马孙雨林之龙

亚马孙雨林被誉为"地球之肺",我们星球上20%的氧气都由它提供。由于人类的破坏,雨林面积日益萎缩,岌岌可危。生活在这里的龙族,已经自发承担起拯救雨林的工作,保护雨林中的每一棵树。人类还不知道自己的乱砍滥伐,将招来龙族的报复。

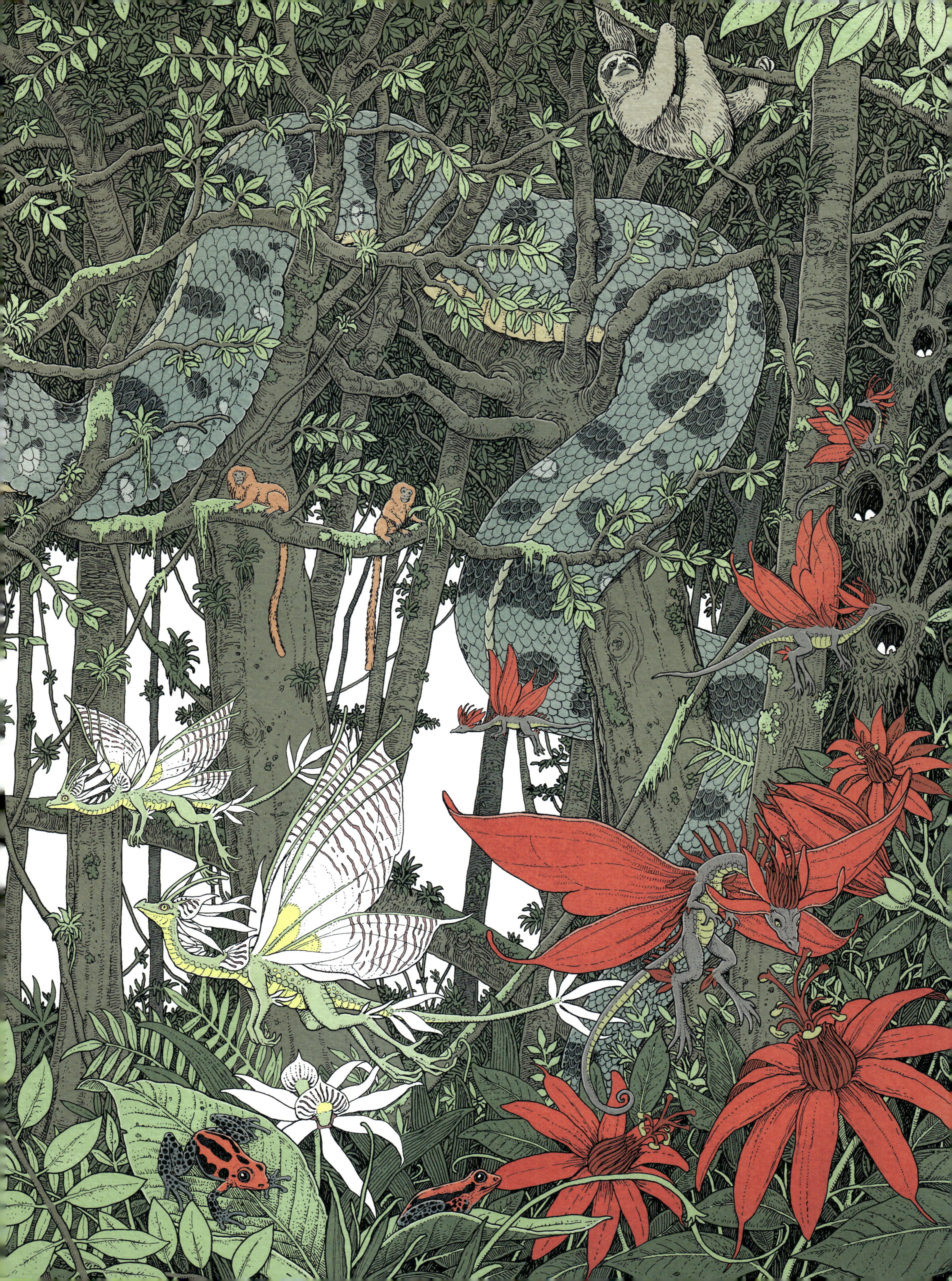

◆ 南美洲 ◆

雨林守护者

护龙者在造访雨林龙族时，意外得到了一个了不起的发现——一个全新的种族，微型龙。这将是龙族历史上一个值得纪念的日子，能参与其中是何等幸运。

不是每个护龙者都能有幸发现新种族。不过，我一点儿也不惊讶这事发生在亚马孙雨林，那里的生物太多样了。连那些非龙学的研究人员都说那里有的是尚未发现的新物种。

我为它们取名为渺龙，取其微小之意。我请它们上船做客，有的已欣然接受了我的邀请。我早就等不及想把它们介绍给船上的伙伴，同时对它们做更详细的研究了。

能有这样喜人的发现，还得感谢那只我们原本要去探望的多头龙。为了找到它，我们才钻进了雨林里的那片密林。渺龙平时只在雨林冠层中活动，那里枝叶繁茂，便于隐藏，很难被人发现。这次是它们听说雨林要被毁了，慌不择路逃往密林深处，才促成了这场偶遇。

至于雨林被砍伐一事，还好只是虚惊一场，不知是谁散播的谣言，让恐慌在雨林中还递蔓延。不过，我觉得还是应该让龙的方舟尽快来到此地，以确保雨林龙族的安全。

渺龙

初期的研究表明，渺龙在成年后，依旧保持微小体型，双翼展开后有10~15厘米长。渺龙和蝴蝶有许多相似之处，比如大小，以及它们的翅膀上都覆着一层扑闪闪的细小鳞粉。

此外，渺龙也拥有一对灵敏的触角，既能帮助它们感知空气中的气味，还能在光线昏暗的雨林里充当"导航仪"。

渺龙以昆虫为食，不过和蝴蝶一样，也钟爱花蜜和其他甜滋滋的食物。每条龙都认定了某一种花，而且改变自身，使之越来越接近所选花朵的颜色、纹路，也许是为了拟态伪装，这还需要进一步研究确认。

请注意：对渺龙一事暂且保密，因为它们身形玲珑，斑斓多彩，很容易被人类当作宠物。所以，不能让任何龙族保护组织之外的人知道它们的存在，否则会招来人类对它们的捕捉。亚马孙雨林还有多少像渺龙这样尚待发掘的宝藏啊，希望护龙者及其队员能立刻展开深入考察。

吾之爱徒：

我们将前往北美洲地区，请把下面关于天龙下落的线索写进你的笔记中。这些是我从雨林多头龙那里打听来的。

所谓黄道吉日，
却人人忌讳。

但愿这不是混淆视听的谣言。

护龙者

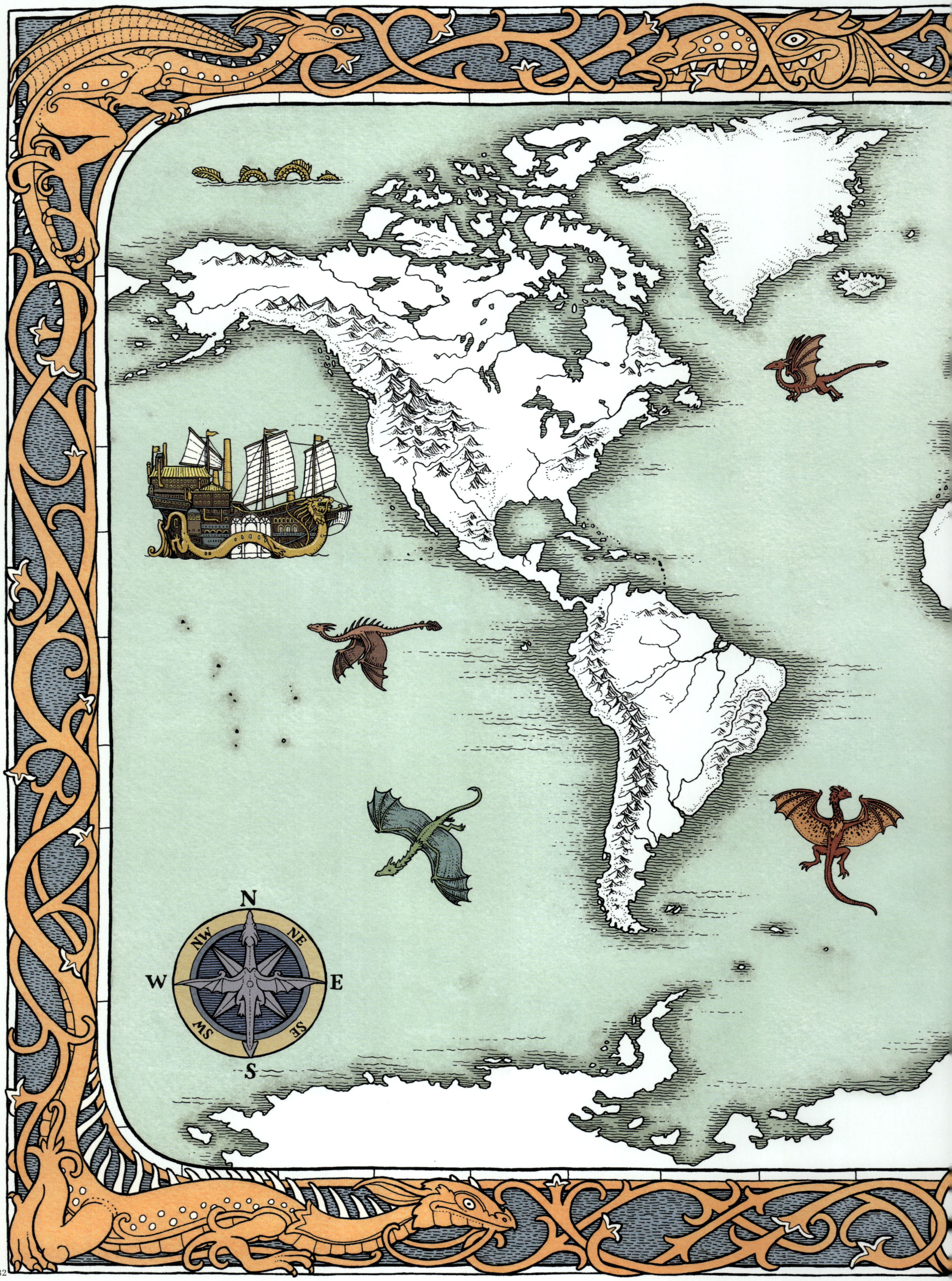
N
NE
E
SE
S
SW
W
NW

北美洲

地理特点
摩登之城，奇峰林立

北美洲的龙族机敏过人，行动迅捷，一般人很难发现它们的踪影。在北美洲能做到这点实属不易，北美大陆上要么是开阔的大平原，缺少遮挡；要么是高楼林立的大都市，无处藏身。

感谢上天，还是在此为龙族创造了一些理想的栖息地，比如绵延的山脉，或是其他独具特色的自然景观。那些在大峡谷游览的旅客，从未发现眼前这壮丽的景致中，竟住着那么多腼腆的龙族。

◆ 北美洲 ◆

北美洲常见龙族

在北美洲龙舱，应当放慢脚步，轻轻呼吸。德雷克龙向来离群索居，一个不合时宜的喷嚏都能让它躲起来，护龙者就得花一宿时间安抚它。

尖利的龙牙
能持续生长，新牙可随时换掉旧齿

缺失龙鳞处
坚不可摧的盔甲上唯一的破口

和德雷克龙相处，必须有和狮子一样的勇气，和猫头鹰一样的耐性。虽然危险又麻烦，但却值得为之努力。因为一旦获取它的信任，德雷克龙甚至会给你看它缺失龙鳞的那一处，要知道这里是它唯一的弱点，一旦被敌人刺中会当即殒命。

要不惜一切代价守护这份信任。

和它的亲戚无翼龙一样，人们认为德雷克龙对人体也有着不可名状的功效，甚至传言用它的血沐浴，皮肤会变得如钢似铁，牢不可破。所以总有一些居心叵测的人，摩拳擦掌，跃跃欲试。对于相信这种无稽之谈的人，我认为就让他们好好地和德雷克龙待上一段时间吧。

咕噜龙的传说

1897年，一个名叫威廉·米勒的商人猎杀了一头咕噜龙，这种龙在阿肯色州当地又被称为长牙无翼龙。米勒发誓自己将龙身运到了史密森学会（博物馆机构），但对方坚称自己从未收到这份捐赠。实际上，是当时在任的护龙者潜入运输船上偷走了龙身，所以咕噜龙至今仍只存在于传说中。

就像龙的方舟的图书管理员常说的那样，关于龙的传说故事，历史书上通常只会留下只言片语，最多有一两个故事会提到护龙者，讲述他们是如何及时出手保护了龙族。

绿色的咕噜龙，于阿肯色州瑟西县被屠。

德雷克龙研究报告

德雷克龙不怒而威，总是令人望而生畏。它们没有翅膀，也没有其他能让自己飞起来的技能。飞行能力的缺失，反倒增强了它们在陆地上的力量。

根据古书记载，德雷克龙参加战斗时，它们最强大的武器就是身体表面那层龙鳞，刀枪不入，牢不可破。但每只德雷克龙都有一处缺失龙鳞，这是它们唯一的死穴。不过，敌人根本无法靠近去寻找这一致命之处。

它们通常可以长到12米高，然而这么大的块头却只喜欢离群索居，住在山洞或者其他隐蔽的地方。而住在方舟上的这只德雷克龙，是因为家被一群洞穴探险爱好者看中，导致它无家可归。

龙与地下城

位于美国纽约城下的大西洋大道隧道，修建于1844年，根据吉尼斯世界纪录的记载，它是世界上最古老的地下隧道。有一天一直正常使用的隧道突然被交通部门关闭，民众以为是出于公共安全考虑，其实是当时有一户德雷克龙搬进了此处。为了确保它们的安全，护龙者不得已动用了在政府部门的人脉，让这段隧道淡出了人类生活。

◆ 北美洲 ◆

落基山脉的
德雷克龙家园

❖

　　起伏的群山是这些不爱抛头露面的德雷克龙最喜欢的藏身之所。从加拿大到墨西哥,有一座南北纵贯4 800多千米的落基山脉,雄奇壮阔,矿藏丰富,其中美国科罗拉多州境内的那一段尤甚,龙族多被吸引。

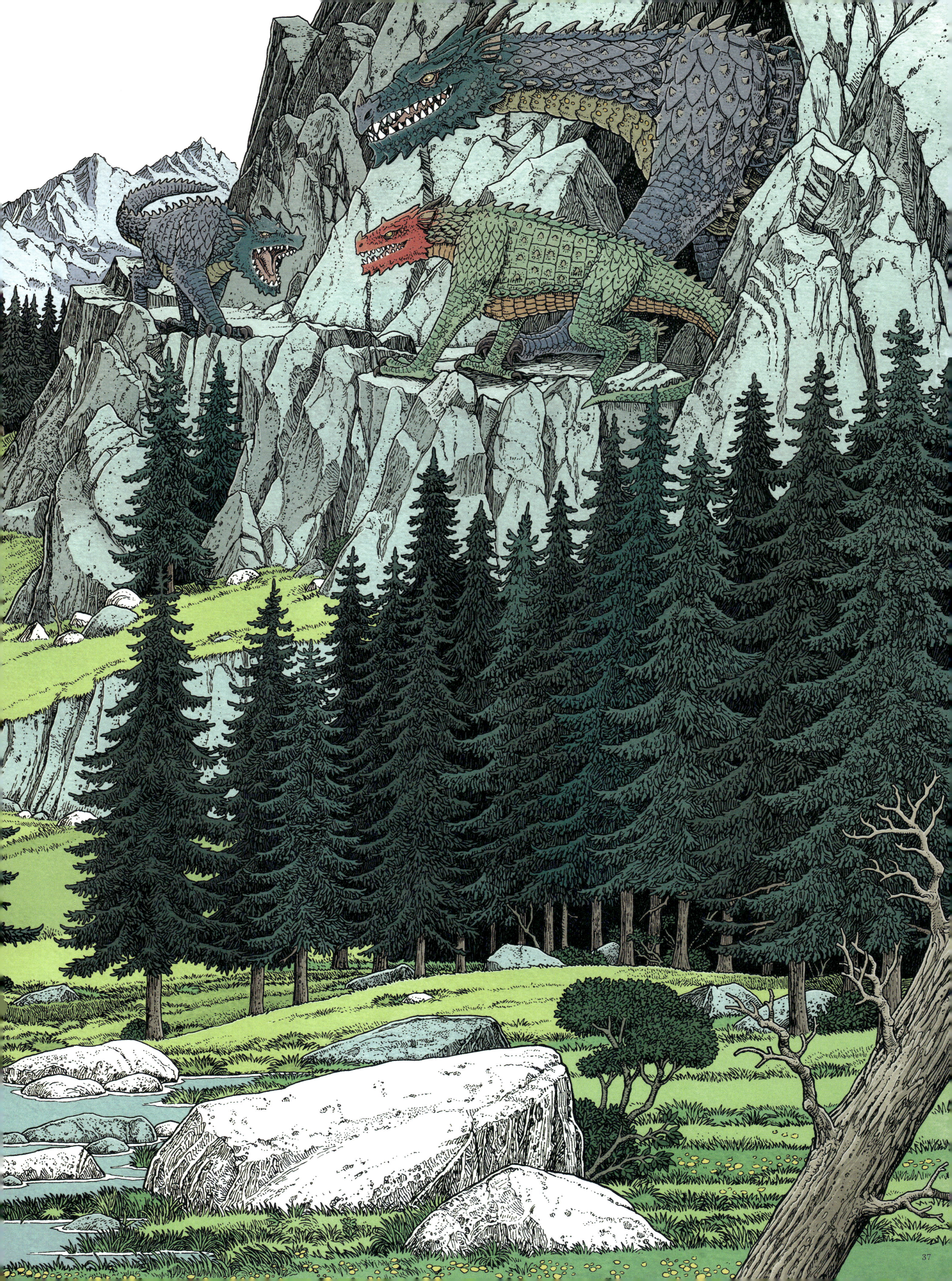

最高机密

—— 1939年总统山真龙目击事件始末

和过去一样，我是在一次和别人的交谈中获知了龙族的消息。当时我正在美国南达科他州的基斯通附近旅行。在一个酒馆里，我遇到了一位全身沾着花岗岩粉屑的石匠，便上前与之攀谈起来。几杯酒下肚，他打开了话匣子，原来他正在参与附近总统山的巨型石像雕刻工作。他向我小声透露，在雕刻西奥多·罗斯福总统的巨像时，位于总统眼睛位置后方的石洞中，真真切切地出现了一个高大的怪物。"牙齿尖得像凿子，"他瞪着惊恐的双眼回忆道，"还有一双魔鬼般的眼睛。"

我当时伪装成了一位来美国旅行的普通游客，也不便多问什么。但作为护龙者，我很清楚，若他所言非虚，那么布莱克山区一定有龙居住。

为了收集到更确凿的证据，我返回了龙的方舟，找了几个伙伴，趁着月色一起攀上总统山。当爬到之前石匠说的眼睛的位置，往里面一瞧，我倒吸一口气——是翼蛇龙宝宝！聊了几句，翼蛇龙宝宝就热情地领我们参观它建在总统们大脑袋后的洞穴。我无法用语言描述所见到的一切，仿佛是走进了阿里巴巴的洞穴一般，目之所及尽是宝物。黄金遍地，钻石俯仰可拾，珠玉如春日朝露缀满石缝，闪耀的光芒令人眩晕。

难以置信的是，这个藏宝洞是由一头翼蛇龙守护的。墨西哥的翼蛇龙一直以美貌著称，而它是我所见过最美丽的翼蛇龙：华丽的羽毛覆满双翼，鳞片像彩虹般绚丽。过去的几十年里，这头翼蛇龙一直孜孜不倦地从周围找到的矿石藏进洞中。我向我们的新朋友讲明了情况，总统山的雕刻工作将危及它的生存，建议它去方舟上避难，并向它保证永远深埋藏宝洞的秘密。

我不得不承认，一旦我写下的这些文字被职业寻宝人或是赏金猎手发现，我们的龙族朋友将面临怎样可怕的结果。但是为了之后的护龙者，我不得不冒险写下。财富的诱惑有扭曲人心的力量，所以我忠告未来的护龙者，这份档案永远只能给你最信任的人看。

护龙者　罗克比·诺里斯

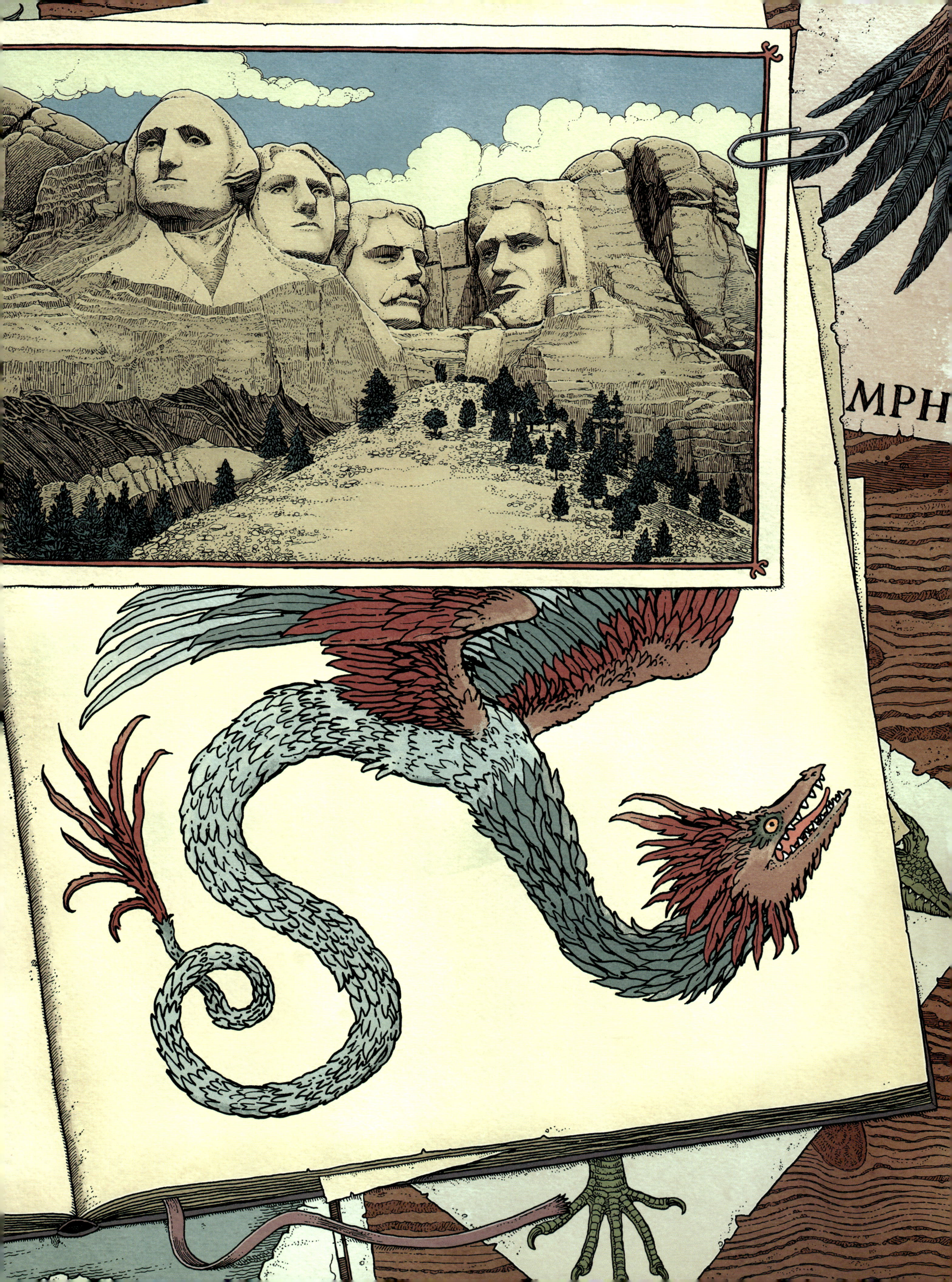
MPH

北美洲

居山而隐

护龙者已结束北美洲地区的考察活动，获得不少新发现和关于龙族的一手资料。为密切关注龙族发展，你需要在未来几年里故地重游，再度造访此次结识的龙。

核查前任护龙者记录在册的那些龙，对护龙者而言是非常重要的一项工作。定期拜访能增进彼此关系，获取信任成为朋友。不过，我建议你对住在墨西哥圭拉那魅兹山洞的德雷克龙，不要抱有这种天真的想法。它们心情好的话，也就是用大爪子往你身上划拉一下，留下几道血痕；心情不好的话……你可能瞬间就被烤成酥脆的小点心。

不好意思，我跑题了，言归正传。我的前辈罗克比·诺里斯发现的那只翼蛇龙宝宝，已长成一个大小伙。它在童年时就搬去南方，住到了它在墨西哥的亲戚家，每年只在妈妈的生辰和夏至那天，飞回老家瞧一瞧。

洞中的财宝目前还是安全的，但是藏宝洞和它的守护者时刻都面临着被发现的可能。翼蛇龙告诉我，一个电影剧组寻找新的拍摄地时，差一点就撞见了它的洞穴，所幸林肯总统雕像的鼻孔没有那么大，剧组的人没能看到后面的洞穴入口。

亲爱的徒弟，我希望你有机会一定要来此地一游。我曾在方舟上见过那么多不可思议的奇观，但都比不上这里的奇妙。在大自然那些不为人知的角落里，隐藏了太多难以言喻的奥秘。若你见到翼蛇龙，可不要试图在它眼皮底下搞点什么小动作，它会彻底对你关上大门，让你休想再接近任何奇迹。

护龙者

矿石种类	黄铁矿
特性	敲击可产生火花
作用	增强小龙喷火技能

德雷克龙

众所周知，德雷克龙喜欢闪闪发亮的宝石，它们或是当零食一样一口吞下，或是用龙鳞蹭一蹭，或是干脆沐浴在矿石堆能量之中。方舟上的专家正努力探寻，这些宝石是否对德雷克龙起到什么不为人知的作用，也许有着特殊的医疗功效也未可知。我曾在科罗拉多大峡谷遇到一户龙家，它们深谙矿物收藏之道，家中有个龙宝宝对黄铁矿有着非同一般的迷恋。

矿石种类	金刚石
特性	天然矿物中最坚硬的物质
作用	增强综合战斗力

矿石种类	海蓝宝石
特性	色泽华丽
作用	能让鳞片泛出蓝色光芒

矿石种类	萤石
特性	在黑暗中发光
作用	发出的绿色光芒可供山洞照明

天龙补充线索

举头望九霄，
谁令母子两分离，
大熊小熊隔星河。

线索由北美洲地区的德雷克龙提供。虽然它已向我展示缺失龙鳍的位置，但消息的真假仍值得商榷。

欧 洲

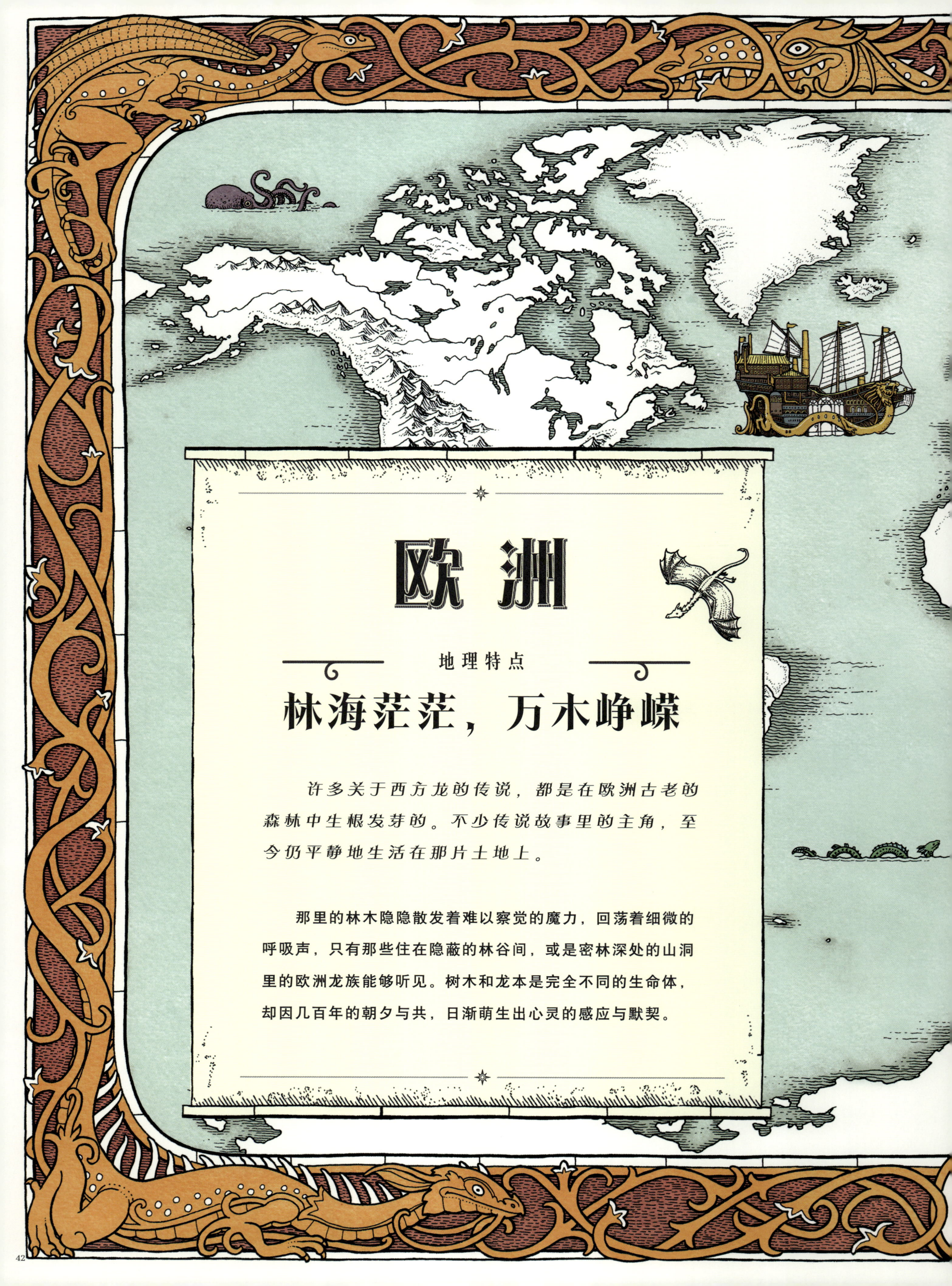

地理特点

林海茫茫，万木峥嵘

　　许多关于西方龙的传说，都是在欧洲古老的森林中生根发芽的。不少传说故事里的主角，至今仍平静地生活在那片土地上。

　　那里的林木隐隐散发着难以察觉的魔力，回荡着细微的呼吸声，只有那些住在隐蔽的林谷间，或是密林深处的山洞里的欧洲龙族能够听见。树木和龙本是完全不同的生命体，却因几百年的朝夕与共，日渐萌生出心灵的感应与默契。

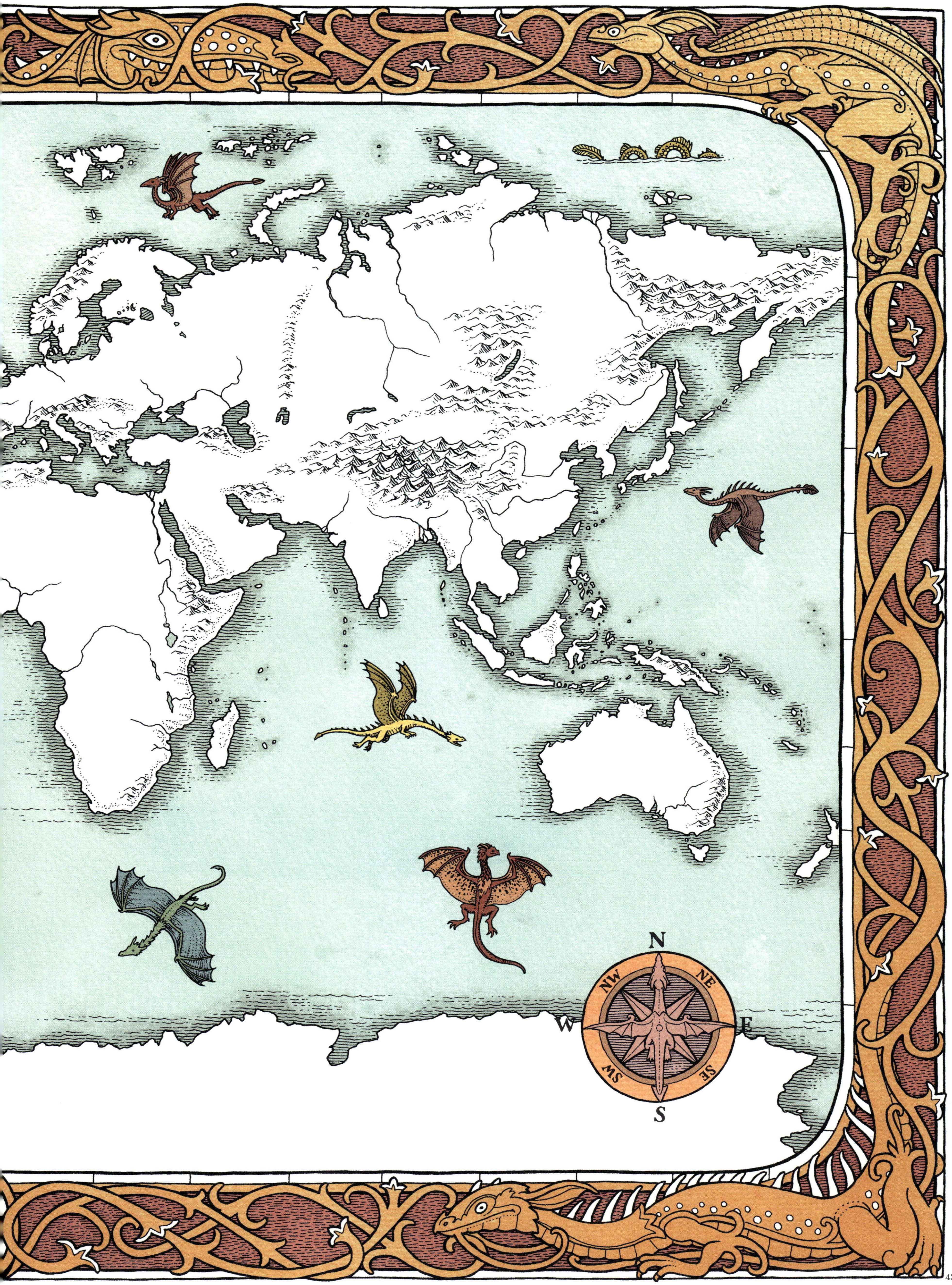
N
NE
E
SE
S
SW
W
NW

欧洲常见龙族

欢迎进入欧洲区,我想你可能已经嗅出空气中飘浮着一丝魔法的气息。方舟上的这只双足翼龙年事已高,有着百龙之智,见多识广,肚子里装着不知多少传奇故事。有时间的话不妨多听它讲讲老故事,没有谁比它更会讲故事了。

声音可催眠
令听者浑身动弹不得

双足翼龙讲起故事来绘声绘色,娓娓动听,虽然其中不乏事实讲述,但大多数时候都是奇夸其词。我就曾因为轻信一只双足翼龙,战战兢兢地爬到伦敦大本钟上,去寻找它故事里的那只藏在钟面三点与四点间的德雷克龙宝宝。

因为只有后腿没有前肢,这些博学多才的双足翼龙什么都能干,唯独没法捧着书读。如果你想和一只双足翼龙建立深厚的友谊,那就去给它读书吧。它会对你读的所有内容都表现出浓厚的兴趣,无论是厚厚的古代文学典籍,还是你昨天的购物小票。

尾巴蜷曲有力
增强飞行的灵活性

欧洲

我们船上这只双足翼龙可是名副其实的古希腊龙学专家。
它的曾曾曾曾祖父掌握了许多一手资料，
祖辈们口耳相传，流传至今。
据它说，古希腊龙经常肩负守卫稀世珍宝的重任……

金苹果的传说

一只尽忠职守的多头龙，在守护赫拉女神的金苹果时，却遭"大英雄"赫拉克勒斯（龙族深恶痛绝的人）屠杀，于是一枚金苹果间接引发了特洛伊战争。但据双足翼龙说，故事里的"元凶"并非什么金苹果，而是普普通通的橘子，真是令人大跌眼镜。

金羊毛的故事

相传科尔基斯龙能永远不睡觉，所以被派去看守宙斯的至宝金羊毛。然而，另一个"英雄"伊阿宋却成功地从龙鼻子底下偷走了金羊毛。人们都说，伊阿宋给龙喂食了一些药草，使龙昏睡不醒。这根本是不经之谈，虽然每只守卫龙都恪守本分，但不可能有龙不需要睡眠，因意袭来时它们也会短暂地打个盹儿。

双足翼龙研究报告

虽然不像天龙能够长生不死，双足翼龙也算是龙族里寿命较长的一类了。在漫长的生命长河中，它们博古通今，饱经世故，见识和学识与日俱增。

然而中世纪时，人们却在它们身上打上了诸如"喷火怪""食人魔"等恶名。其实，双足翼龙内心热爱和平，只有在自己的孩子或者所保护的树木遭受威胁的时候，它们才会奋起反抗。而且作为生活在丛林之中的生物，不到万不得已，怎会冒险喷火？

受这些谣言的影响，它们开始拿讲故事消遣，偶尔还会施展一下自己的本领——用话语催眠听者。这就是为什么每年总有那么几个人会在森林里迷失，其中还有一两个人声称自己遇到了双足翼龙。这些"幸运"听众将在接下来的几个星期里，失去时间和空间的概念。

欧洲

"迷宫森林"中的双足翼龙

迪恩森林——又被称为"迷宫森林",是英国一片古老的森林。这里矿石富集,翠柏参天,藤萝蔓生,群鹿相逐,还保存着史前人类生活的痕迹。此外,还有一种天然形成的"皱眉"地貌,不仅能满足龙族需要的一切居住条件,而且便于它们藏身,在暗处观察人类的活动。

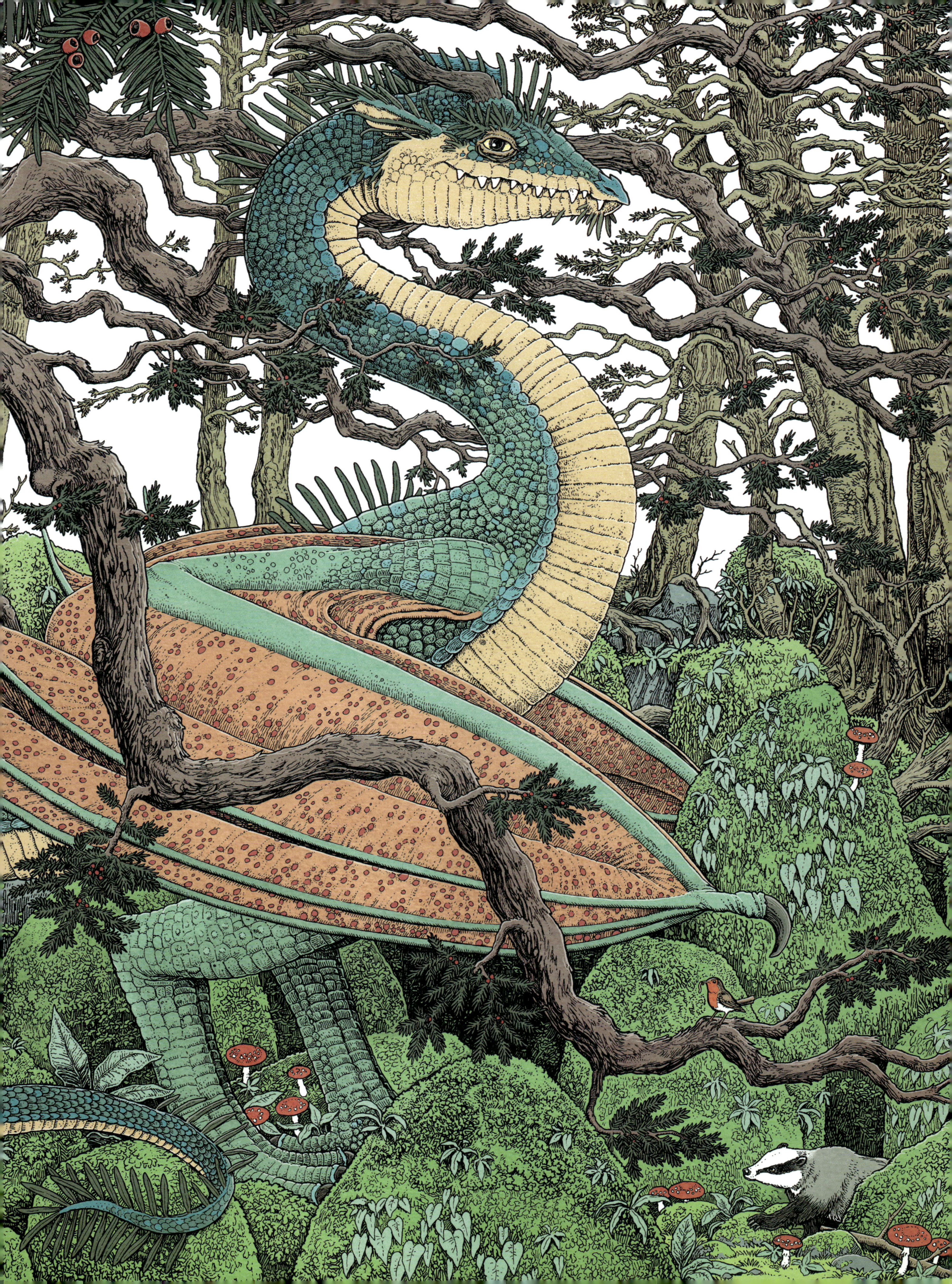

谢尔维治森林

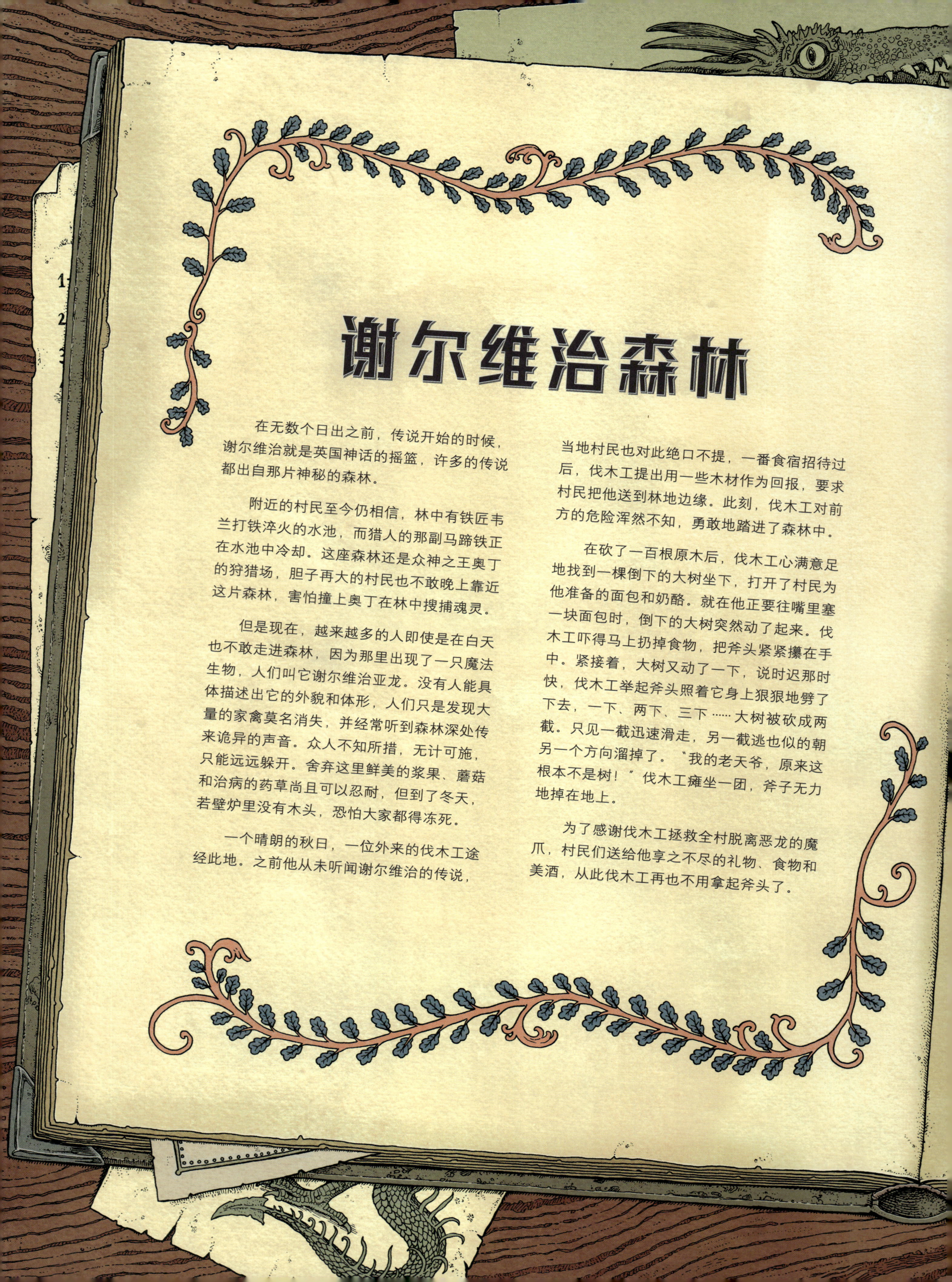

在无数个日出之前，传说开始的时候，谢尔维治就是英国神话的摇篮，许多的传说都出自那片神秘的森林。

附近的村民至今仍相信，林中有铁匠韦兰打铁淬火的水池，而猎人的那副马蹄铁正在水池中冷却。这座森林还是众神之王奥丁的狩猎场，胆子再大的村民也不敢晚上靠近这片森林，害怕撞上奥丁在林中搜捕魂灵。

但是现在，越来越多的人即使是在白天也不敢走进森林，因为那里出现了一只魔法生物，人们叫它谢尔维治亚龙。没有人能具体描述出它的外貌和体形，人们只是发现大量的家禽莫名消失，并经常听到森林深处传来诡异的声音。众人不知所措，无计可施，只能远远躲开。舍弃这里鲜美的浆果、蘑菇和治病的药草尚且可以忍耐，但到了冬天，若壁炉里没有木头，恐怕大家都得冻死。

一个晴朗的秋日，一位外来的伐木工途经此地。之前他从未听闻谢尔维治的传说，当地村民也对此绝口不提，一番食宿招待过后，伐木工提出用一些木材作为回报，要求村民把他送到林地边缘。此刻，伐木工对前方的危险浑然不知，勇敢地踏进了森林中。

在砍了一百根原木后，伐木工心满意足地找到一棵倒下的大树坐下，打开了村民为他准备的面包和奶酪。就在他正要往嘴里塞一块面包时，倒下的大树突然动了起来。伐木工吓得马上扔掉食物，把斧头紧紧攥在手中。紧接着，大树又动了一下，说时迟那时快，伐木工举起斧头照着它身上狠狠地劈了下去，一下、两下、三下……大树被砍成两截。只见一截迅速滑走，另一截逃也似的朝另一个方向溜掉了。"我的老天爷，原来这根本不是树！"伐木工瘫坐一团，斧子无力地掉在地上。

为了感谢伐木工拯救全村脱离恶龙的魔爪，村民们送给他享之不尽的礼物、食物和美酒，从此伐木工再也不用拿起斧头了。

雅典娜，感谢你能把这个故事告诉我的爱徒。让他知道在龙的方舟和护龙者出现之前，龙族所遭遇的悲惨境遇——外出觅食遭遇不测或者干脆魂断梦乡。这些悲剧实在太多了，也更加坚定了我们护龙的决心。

护龙者

欧洲

以林为家

护龙者每次拜访欧洲这些林中龙族后，都觉得全身充满活力，连脚步也变得轻盈起来。所以她经常鼓励船上伙伴一起去森林里，走上个把小时，大口呼吸新鲜的空气，感受身体由内而外焕然一新的感觉。

众所周知，令人沉醉的迪恩森林在英国现代文学中占有非常重要的位置，许多文学名著的灵感就来源于那里。（注：向雅典娜要一下她的阅读清单。双足翼龙向我讲过两个故事：一个是脑门带疤、骑着扫把的男孩的故事，另一个是一群身材矮小、脚上有毛的年轻人和一枚戒指的故事。这两个故事听起来都很棒！）

随着对迪恩森林更为深入的研究，我注意到这里的"皱眉"地形为龙提供了一个绝佳的藏身之所，安全隐蔽的同时又能悄无声息地观察人类行踪。双足翼龙悄悄告诉我，它曾守护着一份宝藏，是3000枚古罗马硬币。而在1848年的一天，它出去找零食，回来后发现宝藏被人挖走了。这让它感觉受到了奇耻大辱。

放眼整个欧洲，像这样的古老又传奇的森林比比皆是，例如德国的黑森林，或是瑞典达拉纳省的那些原始森林。我早已知道双足翼龙择林而居，但是这次的见面让我确定，今后它们将会世代在此生活。除了从森林中汲取魔力，更重要的是它们想要保护这些树木，成为最忠诚的守护人。

获得新线索：

季夏夜分时，
天龙踏光来。

叶片调查

我们发现龙族只要在原始森林生活一段时间，身上的羽毛就会逐步趋向叶片化。方舟上的学者已着手研究成因，但对魔力和拟态两种理论一直争执不休。这次，护龙者从欧洲探访归来，带回了一些新的观察资料：

采集地	叶片形状	羽毛外形
罗马尼亚内拉泉	欧洲山毛榉	
英国迪恩森林	紫杉	
波兰/白俄罗斯比亚沃维耶扎森林	夏栎	

1

非 洲

地 理 特 点

茫茫沙漠，干旱酷热

　　超过50个国家和地区的人民生活在这片生机勃勃的大陆上，这里地形复杂多样，也因此博得龙族青睐。这里的土地一半以上被沙漠和旱地覆盖，其中就包括著名的撒哈拉大沙漠。对于那些喜热的龙来说，再没有比这儿更宜居的地方了。

　　此外，这里同样生活着许多亲水的龙，因为广袤的非洲大地上还有不少闻名世界的大瀑布。这里的龙族繁育兴旺，护龙者一直在努力跟进不断增长的数字。在护龙者的眼中，这真是一个甜蜜的烦恼。

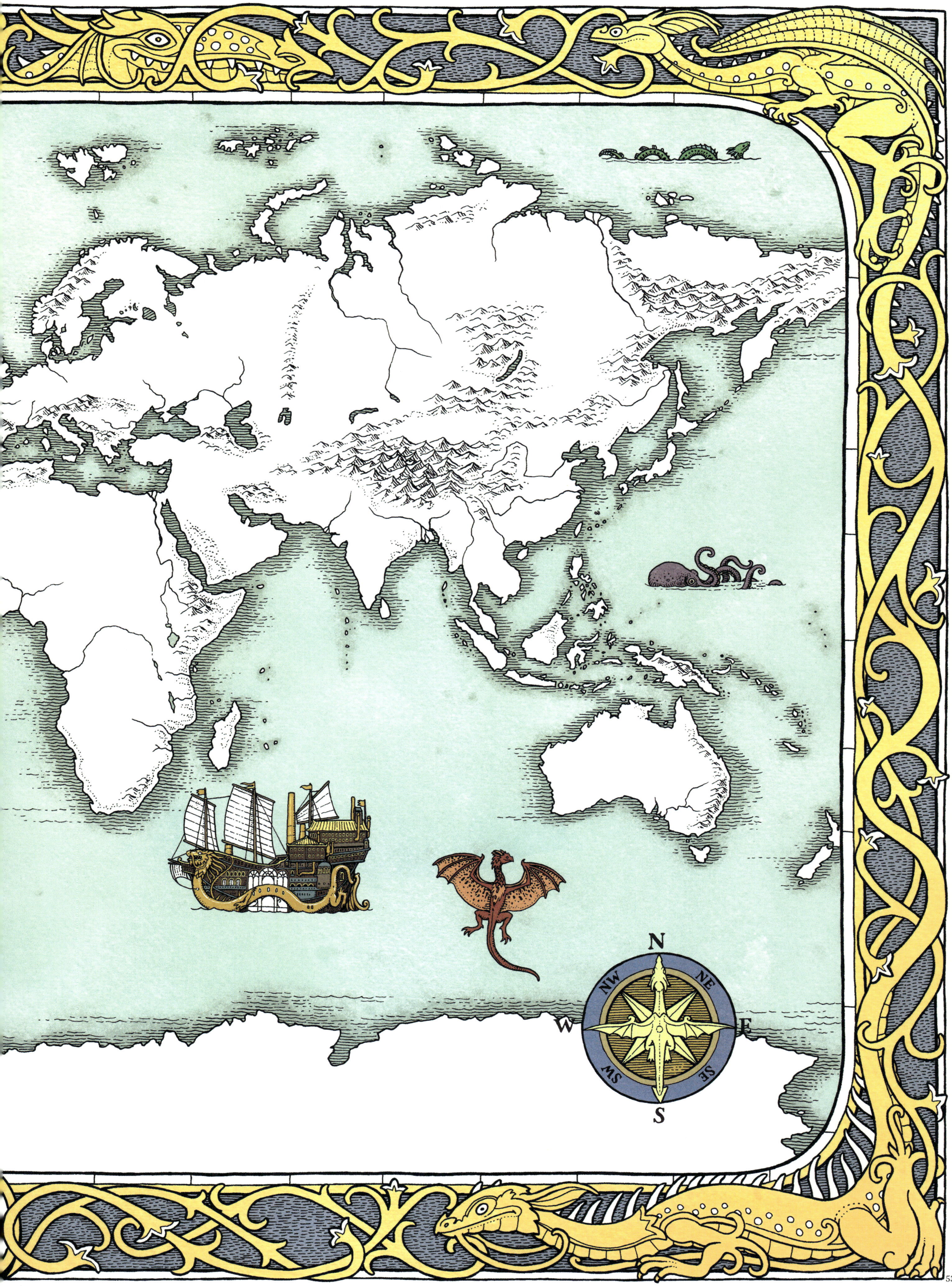
N
NE
E
SE
S
SW
W
NW

非洲

非洲常见龙族

为了让这些习惯了地球最高温度的龙，有一种宾至如归的感觉，非洲龙舱里特意准备了炉子，以便将室温升到与非洲的一样高。翼蛇龙在船上的房间，布置得很像它在非洲的家，甚至还有一棵它最爱的乳香树。

羽翼丰满
祖上基因，血统传承

　　我的爱徒，见字如晤。毫不夸张地说，我整日盯着这只翼蛇龙，觉得怎么都看不够。莫要笑话我，换作是你也会如此着魔，它实在是太美艳绝伦了。不过千万要小心，不能离它太近。这条来自埃塞俄比亚西北部的翼蛇龙，不会因为和我们住在一起，就违背了它保护乳香树的本心。一旦认为你会威胁到它身下的树，它一定会毫不犹豫地甩起尾巴刺你。

　　我已告诉了它关于总统山表亲的事，它很想亲自去山上看看。但是任何一只头脑清醒的龙，都不会轻易尝试从埃塞俄比亚独自飞到美国南达科他州。所以，这只翼蛇龙请求能够继续待在方舟上，直到环球旅行经过北美洲时，能顺路将它带去。我很乐意继续招待它，就是得麻烦你再多当一段日子的"铲屎官"了。啊，谁不是从学徒一步步走过来的呢！

尾生利刺
杀敌利器，一刺封喉

◆ 非洲 ◆

和其他地方的人一样，非洲人也将龙的所作所为都归结为自然现象。
诚然，客观来说，龙本身就属于自然。
不过我们认为持此观点只能说明人们对龙不够了解……

翼蛇龙研究报告

翼蛇龙拥有悠久且卓越的家族历史，在古希腊历史学家希罗多德的巨著《历史》中，它们被描述成了尽忠职守的守卫者。现在生活在非洲的翼蛇龙，祖先来自北非和中美洲地区，它们继承了祖先守护者的身份，牢牢守卫着乳香树——分泌出的树脂即为乳香，比黄金还贵重。

翼蛇龙唯一的武器就是它尾巴上的利刺，那些路过的动物，或是不怀好意的人类，都休想躲过这致命利刺。一旦有不速之客靠近，它就会挺直尾巴，先用力向后一甩，然后狠狠砸下，把敌人死死地钉住。

潇洒的身姿、闪耀的双翼和长得像孔雀尾羽上眼睛图案一样的大眼睛，掩饰了它保护乳香树的本心。不同于它的鸟类表亲，翼蛇龙不会用大眼睛吸引异性求偶。

龙息洞

龙息洞是纳米比亚远近闻名的自然景观之一，洞中有一个巨大的地下湖，深不见底，无人敢贸然潜入，所以住在湖底的潜龙一直过着与世隔绝的清净日子。1986年，人们因为山洞自内而外冲出的潮湿空气，才发现它的存在，并为其命名"龙息洞"。要是他们知道龙的口气有多难闻，一定会后悔当初的想法是多么天真。

撒哈拉沙漠

虽然非洲乍得与南美洲亚马孙雨林相距数千千米，但是撒哈拉沙漠每年都向亚马孙雨林送去两万多吨富含磷元素的沙尘，以滋养那里的植物。科学家自有一套说法，但事实全要归功于沙漠德雷克龙，辛辛苦苦扬起沙尘，将它们吹上高高的空中，送它们登上风的"特快列车"。

非洲

撒哈拉沙漠龙

※

　　撒哈拉沙漠面积约932万平方千米，横跨十几个国家和地区。这对不断发展壮大的非洲龙族来说无疑是个好消息，沙丘、盐沼以及盆地都能作为它们的安家之所。这些龙早已习惯了沙漠的极端气候，并将这个酷热和人迹罕至的沙漠变成了自己的游乐场。

非洲

非洲

飞瀑之后

自马里亚纳海沟之行后,陈博士又一次接到水下任务,带护龙者前往瀑布。这一次,她再度向你打开了她的笔记本,慷慨地分享她的新发现。

维多利亚瀑布的魔鬼池

从我们方舟上的德雷克龙邻居那儿得到一个令人振奋的消息,几乎可以确认我们今天发现的德雷克龙是一个还未被记录在册的家族。它们住在维多利亚大瀑布(当地人称之为莫西奥图尼亚瀑布,意为"雷声轰鸣的水雾")。当然,这里生活着德雷克龙,也只有方舟上的成员知道。

谁也不会想到,人满为患的景点魔鬼池下竟然藏着去往神龙家的通道。只要找到入口的准确位置,从那里滑入,就会掉进一个巨大的洞穴,刚好就在瀑布水帘的背后。

我们没有待太长的时间,因为它们非常注重保护自己的隐私。不过也足够我们对这些德雷克龙做一个初步研究,了解它们是如何垂直攀上三十多米高的岩壁,去洞口捕捉那些晕了头靠近的飞鸟。有时候它们借助赞比西河奔腾的轰鸣声掩盖,偷偷溜到礁石后窥探游人。

因为没有翅膀,这些德雷克龙没有办法飞离山洞,所以我们需要优先考虑定期探访它们,送上一些生活必需品,或是看看是否有医疗需求。我会向护龙者提议再去别的瀑布后巡视一番,尤其是像伊瓜苏大瀑布和尼亚加拉大瀑布这样的地方。

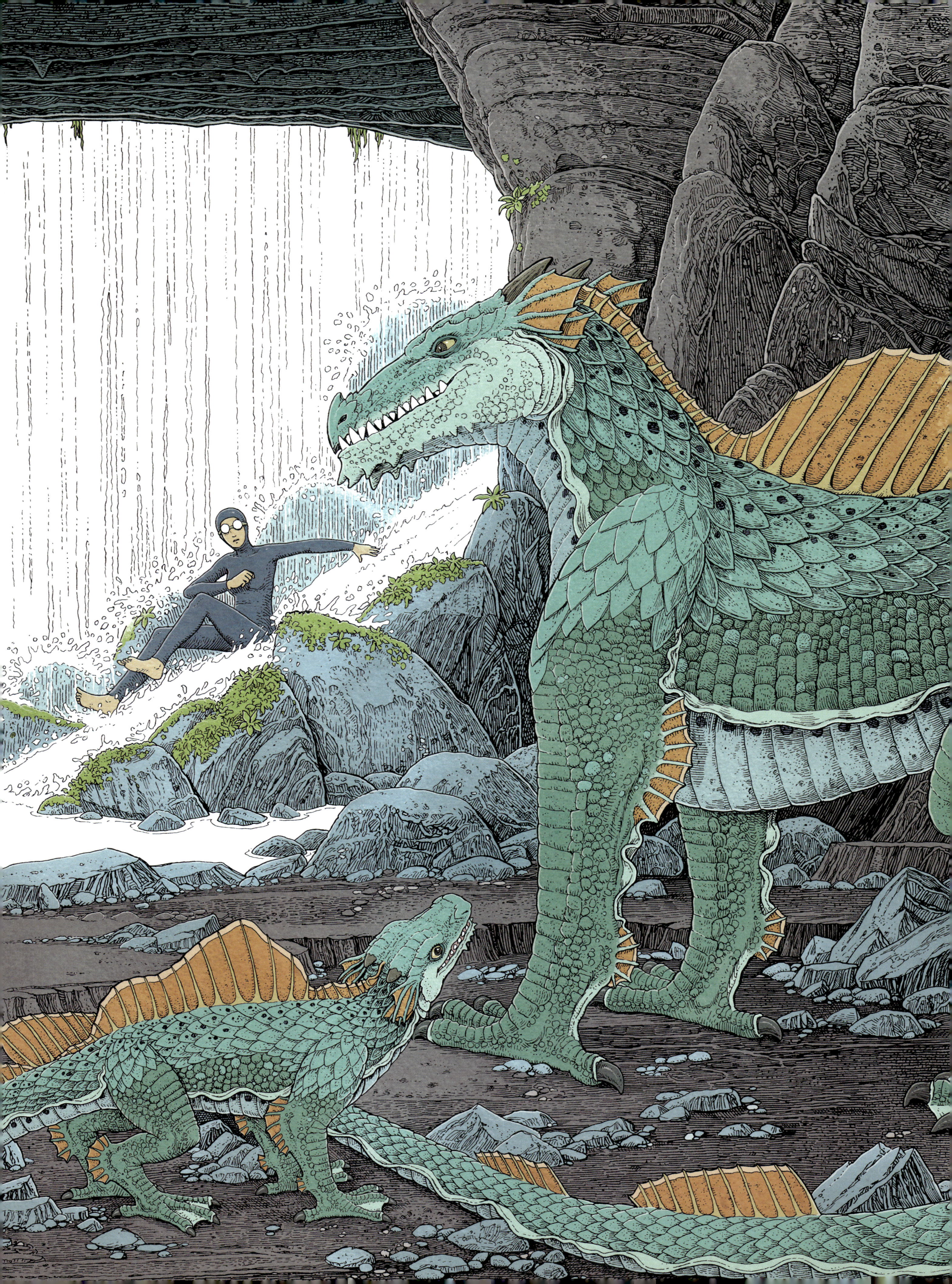

非洲

尘埃落定

经过此次非洲之旅,护龙者有了许多关于龙族如何进化以适应生存环境的新发现。她返航后直奔方舟,向那里的科学家们汇报情况,我们也跟去听听吧。

调查概述

——护龙者致克里斯医生和孙博士

在埃及盖塔拉洼地,这次和沙漠德雷克龙的会面非常顺利,那里很适合与它们促膝长谈。不得不感谢孙博士思虑周全,准备了那么多食物。它们吃饱喝足后,果然就主动打开了话匣子。

沙漠德雷克龙这些有趣的特点还有待进一步深入研究:

1.它们的脚掌有着厚厚的脚垫,在沙漠滚烫的沙子上行走更加方便,且不会觉得烫脚。火山龙也是同样的吗?

2.背上有许多圆形鼓包,里面储存的脂肪能转化为能量和水,在食物短缺时作为补给。克里斯医生下次可否带上设备为这些鼓包做一个全面检查?

3.沙漠德雷克龙拥有长且浓密的睫毛,这在龙族中非常少见,能帮助它们抵挡风沙,避免被风沙吹眯了眼。

4.这些沙漠巨兽以骆驼为食,虽然它们和邻居单峰骆驼有非常多的相似之处,不过它们不是很愿意承认这点。

这一家德雷克龙不愿到我们的船上做客,但乐于接受孙博士和她的团队后期的拜访和研究。后续就由我的爱徒安排跟进吧。

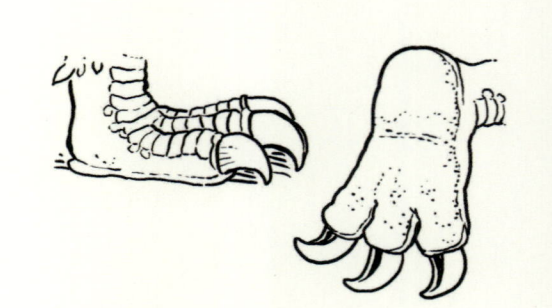

螭字

法老的爱宠

衔尾龙喜欢咬着自己的尾巴,将身体蜷成一个圆环,也由此得名。它已经几百年没有现身了,有关它的最早的描述,是在古埃及法老图坦卡蒙的墓穴中发现的。学者专家对它的象征意义进行了各种各样的猜测,却永远不会想到它曾是这位好龙之王的爱宠。正是因为和龙族关系很亲密,图坦卡蒙才有幸得此心爱之物。

吾之爱徒:

请尽快通知亚洲区的伙伴,我们已准备动身去寻找天龙。陈博士从维多利亚大瀑布的德雷克龙那里带回了新的线索。

我们就要去创造历史,你准备好了吗?

护龙者

成云化雨处,神龙方始见。

亚 洲

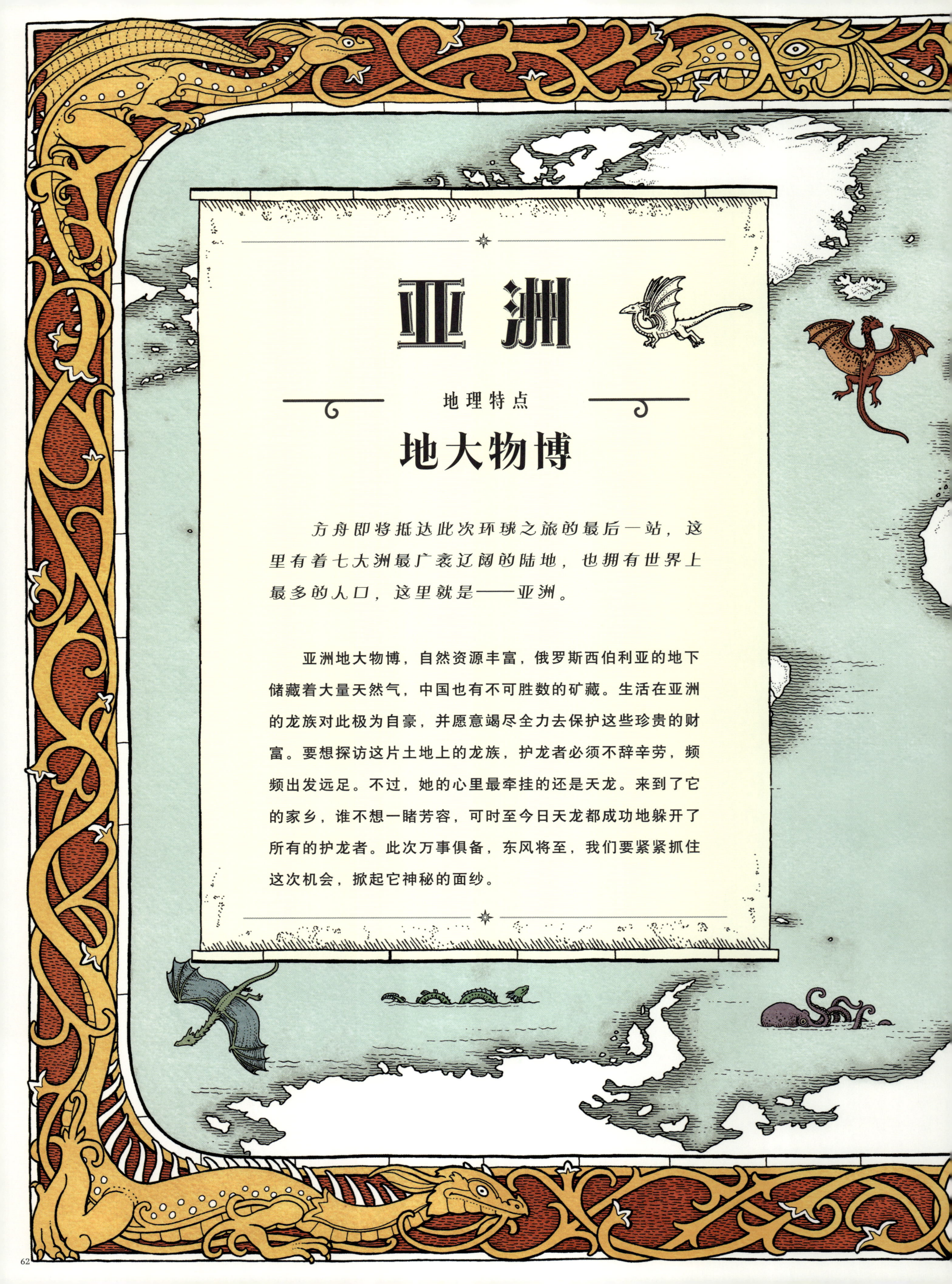

地 理 特 点
地大物博

　　方舟即将抵达此次环球之旅的最后一站，这里有着七大洲最广袤辽阔的陆地，也拥有世界上最多的人口，这里就是——亚洲。

　　亚洲地大物博，自然资源丰富，俄罗斯西伯利亚的地下储藏着大量天然气，中国也有不可胜数的矿藏。生活在亚洲的龙族对此极为自豪，并愿意竭尽全力去保护这些珍贵的财富。要想探访这片土地上的龙族，护龙者必须不辞辛劳，频频出发远足。不过，她的心里最牵挂的还是天龙。来到了它的家乡，谁不想一睹芳容，可时至今日天龙都成功地躲开了所有的护龙者。此次万事俱备，东风将至，我们要紧紧抓住这次机会，掀起它神秘的面纱。

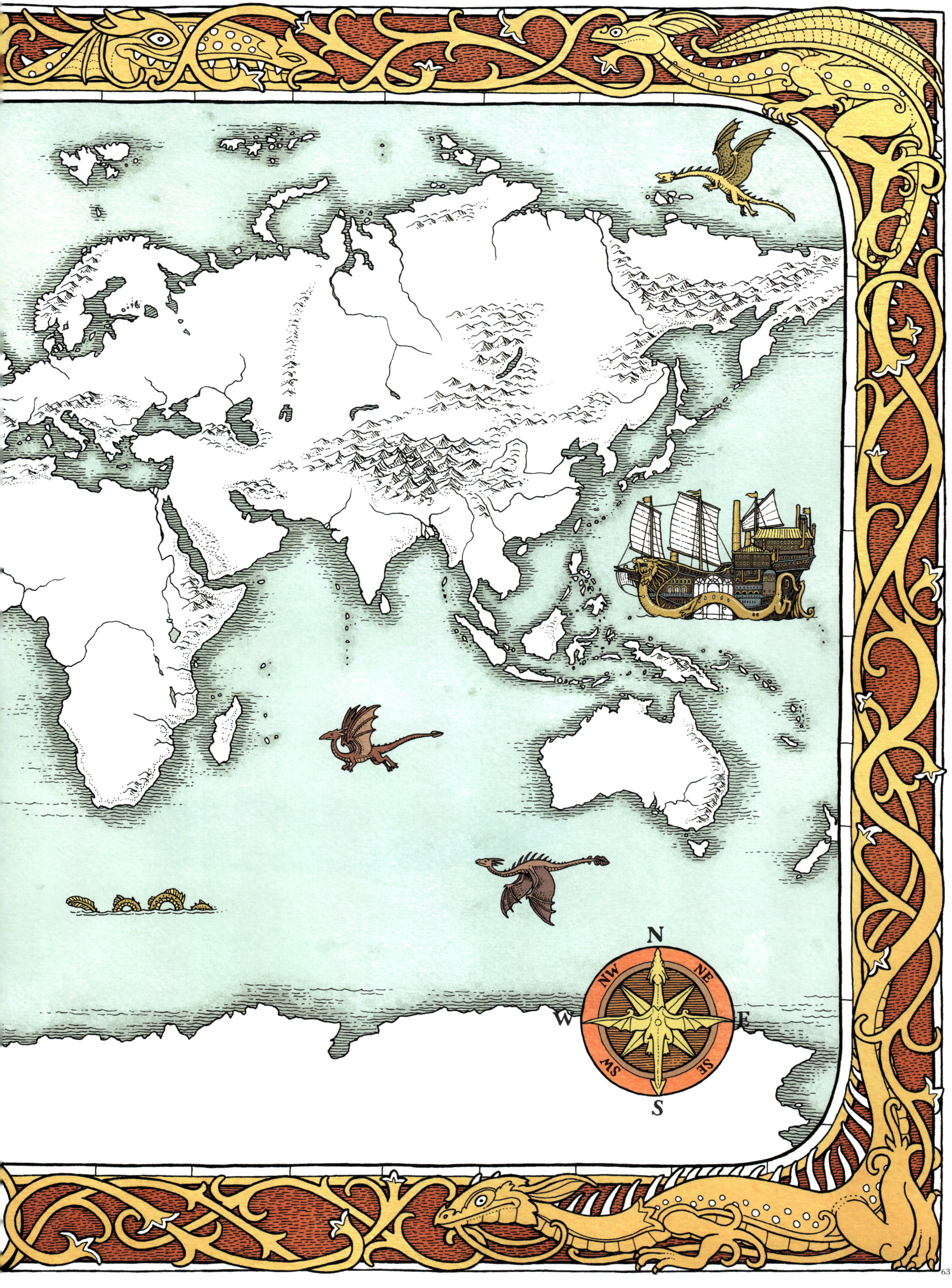
N
NE
E
SE
S
SW
W
NW

亚洲

亚洲常见龙族

现在住在船上亚洲龙舱的，是我们的朋友中国龙。有它出没的地方，空气里就会充满恬淡和宁静。它能布云施雨，令大地不再干涸，因此受到人们的尊崇，包括我们这些船上的伙伴。大家都喜欢接受它的邀请，一起去亚洲龙舱待上个把钟头，获得令内心平静的力量。

吻部
状如鳄鱼，颌形独特

相信我，要是你去中国龙的舱里串门，记得带上一个舒服的垫子。待在那儿，时间像是长了翅膀，稍纵即逝，一晃眼几个小时就过去了。我常常在寂静的夜晚，卷上瑜伽垫敲开它的舱门。哪怕只共处半个小时，内心获得的平静感抵过做一辈子瑜伽。

中国龙都有专门的负责领域，且职责各不相同。我们船上这只神龙掌管兴云布雨，颇有灵力。我们尽最大的努力在它的舱室内重现了雨云，因此待在里面必须小心，免得冷不丁被雷劈一下。

当你向这只龙虚心请教时，它的话语总是充满了智慧，字字珠玑。而且，在它的口中确实藏有一颗龙珠。据说，一旦有人拿到它，上面的灵力就会转移到自己身上。不过，劝你不要想太多，这颗宝珠一旦离开龙，马上就会引发极端天气……

龙鳞
身形似蛇，鳞若锦鲤